Q 24,–

Claire McNab

TOD IN AUSTRALIEN

Claire McNab

Tod in Australien

Offensive Krimi

Aus dem amerikanischen Englisch von
Gerlinde Kowitzke

Frauenoffensive

1. Auflage, 1991

Originaltitel: Death Down Under

(Knollerstr. 3, 8000 München 40)

ISBN 3-88104-214-8

Satz: Ursula Benz, München
Druck: Clausen & Bosse, Leck
Umschlaggestaltung: Frauke Bergemann, München

DIE PERSONEN

CAROL ASHTON . . . . Kriminalkommissarin
MARK BOURKE . . . . Kriminalinspektor
SYBIL QUADE . . . . Carols Geliebte, Lehrerin

MARIA KELLY . . . . Schauspielerin, erstes Opfer
SALLY-JEAN CROSS . . . . Journalistin, zweites Opfer
NARELLE DENT . . . . Supermarktkontrolleurin, drittes Opfer
ALISSA HARVEY . . . . Fotografin, viertes Opfer

WILBUR SHEARING, ... Medienzar
MADELINE SHIPLEY, ...Fernsehmoderatorin
HELEN TOLSTEN, ... Madelines Assistentin
PAUL CRUSOE, ... Madelines Mann, Kunstmaler

VIC CARBOND, ... Filmregisseur
CHARLIE DATE, ... Produktionsleiter
ALICE FLEMING, ... Chefgarderobiere
LUKE WEST, ...Chefbeleuchter
RIPLEY PATTERSON, ... Filmstar
KIRRA GOOLAMURRA, ... Sybils Schülerin, Schauspielerin
MALCOLM MURTRY, ...Sybils Schüler, Schauspieler

SINKER, ... Kater
JEFFREY, .Kater

1

Kriminalkommissarin Carol Ashton und Inspektor Mark Bourke standen hinter dem flatternden blauweißen Plastikband, das den unmittelbaren Tatort absperrte. Ohne sich von dem verhaltenen Getöse ringsum irritieren zu lassen, nahmen sie die akkurat hindrapierte Leiche zu ihren Füßen in Augenschein.

„Arme Kleine", sagte Bourke. Sein sympathisches Gesicht zeigte keine Regung, aber seine Stimme strafte diesen Eindruck Lügen.

Er sah Carol an. „Es ist derselbe, Carol. Wir müssen diesen Burschen endlich fassen."

„Burschen? Du untertreibst", erwiderte sie geistesabwesend. Sie starrte auf die junge Frau, die vor ihnen im Schlamm des Fabrikgeländes lag, als wolle sie sich dieses Bild unauslöschlich einprägen: den über den Kopf gestülpten Kissenbezug, den nackten Körper, die sorgfältig über der Brust gekreuzten Hände, wie die Parodie einer religiösen Aufbahrung, die Beine gerade ausgestreckt und an den Zehen säuberlich mit einer gelben Kordel zusammengeknotet, damit die Füße nicht auseinanderfielen. Die Kleidung lag ordentlich gefaltet neben ihrem linken Knie.

Bourke räusperte sich. „Genau wie die anderen drei", sagte er und durchbrach das beklemmende Schweigen.

„Nachahmung ausgeschlossen?"

„Er ist es, keine Frage. Wie üblich haben wir nicht alle Einzelheiten an die Öffentlichkeit gegeben. Kein anderer Täter kann es so genau nachahmen."

Carol sah ihn an. Sie war seine Mentorin, sie waren befreundet, aber ihre grünen Augen waren unpersönlich wie Glas. „Du legst dich nicht genug ins Zeug, Mark. Er läuft noch immer frei herum."

„Kommissarin?" unterbrach ein junger uniformierter Beamter respektvoll. „Die Presse... wollen Sie mit ihr reden?"

Carol beantwortete seine schüchterne Frage mit einem Kopfnicken, ohne den Blick von Bourke zu wenden. „Dieser *Bursche*", sagte sie scharf, „darf nicht noch einmal zuschlagen. Verstanden?"

Sybil Quade saß im Liegestuhl und genoß mit dem schnurrenden Jeffrey die letzten warmen Strahlen der Frühlingssonne. Sie grübelte mit gespitztem Rotstift über einer vollgekritzelten Seite, gähnte bei dem Versuch, sich auf einen irritierenden Bandwurmsatz zu konzentrieren, der endlos mit „und dann" weiterging. Wieviel verlockender war es, den Blick über die besänftigende Weite Middle Harbours schweifen zu lassen, der grünblau und still weit unterhalb der Terrasse lag.

Sie war um vier Uhr morgens aufgestanden, so daß sie um fünf am Drehort war – ein langer ermüdender Tag also, heute um so mehr: Ihre beiden jungen Schützlinge die sich lieber vor der Kamera aufhielten als eingepfercht am Tisch in dem kleinen Wohnmobil, hatten sie ziemlich genervt. Sie fragte sich, ob die Schuldirektoren überhaupt eine Ahnung davon hatten, wie irrelevant ein detaillierter Lehrplan in Situationen wie dieser war. Im Grunde fühlte sie sich eher wie ein Babysitter denn als Lehrkraft, ihre Pflichten bestanden darin, den überzeugenden Anschein einer Unterrichtskontinuität zu erwecken, trotz aller Anforderungen bei Dreharbeiten, indem sie ihre beiden Schützlinge zur allgemeinen Bequemlichkeit im Zaum hielt, so daß sie jederzeit für Garderobe, Maske oder Textprobe greifbar waren.

Lächelnd betrachtete sie einen kleinen Schwarm Regenbogenpapageien, der sich mit aufgeregtem Krächzen in den über die Terrasse ragenden Eukalyptuszweigen niederließ.

Immer wieder staunte sie darüber, daß die grellen Farben jedes Vogels – Federn in Grün, Orange, Gelb, Blau, Lila und dazu ein knallroter Schnabel – sich nicht schauderhaft bissen, sondern in herrlicher Harmonie ergänzten. Die einzige wirkliche Dissonanz war das Gekrächze, mit dem sich jeder Vogel in einem heiseren Kommentar ergoß.

Die Loris hackten auf die unsichtbaren blaßrosa Staubgefäße des Eukalyptus ein, stopften sich die Schnäbel und quasselten dabei unaufhörlich. Sie waren keine reinlichen Esser, und Sybil protestierte, als rosa Staub auf sie niederregnete. Woraufhin Jeffrey den Tiger spielte und die Beute über sich mit starrem Blick belauerte, während sein Kiefer erwartungsvoll schnatterte.

Sybil stubste ihn, packte ihn unter den Arm und trug den widerspenstigen Kater und ihre Korrekturen nach drinnen. Mit der verblassenden Sonne schwand auch die Wärme. Durch das Panoramafenster warf sie noch einen Blick auf den Hafen. Manchmal vermißte sie ihr Haus mit dem Blick aufs Meer, das beständig an die Küste brandete, aber heute genoß sie die stille Ruhe des Wassers, die ihrer wachsenden Zufriedenheit entsprach.

Es war jetzt ein Jahr her, seit sie ihr Haus vermietet hatte und zu Carol gezogen war. Ein Jahr der unwiderruflichen Veränderungen in ihrem äußeren und inneren Leben. In vieler Hinsicht konnte sie die Person, die sie vor zwei Jahren gewesen war, kaum noch wiedererkennen – eine Frau, gefangen in den Strukturen und Sicherheiten ihrer Gesellschaft, wo es stets bequemer war, dem Anpassungsdruck kritiklos nachzugeben als unliebsame Fragen zu stellen.

Inzwischen stellte sie alles in Frage, nicht immer fand sie eine Richtung, geschweige denn eine Antwort. Trotzdem ging sie bis an ihre Grenzen, mit wachsendem Selbstvertrauen und Mut genoß sie eine Freiheit, die ihr früher unbekannt war.

Jeffrey streckte sich und gähnte, was auf Sybil ansteckend wirkte. Gleich kämen die Nachrichten. Sie stellte den Fernseher an und ließ ihn leise im Hintergrund laufen, während sie sich auf eine eher hilfreiche als bissige Bemerkung am Ende der hingeschmierten Seite konzentrierte.

Als sie Carols unverwechselbare Stimme hörte, sah sie auf und knipste mit der Fernbedienung den Ton lauter. Obwohl Sybil sie schon oft im Fernsehen gesehen hatte, war sie noch immer so fasziniert wie beim erstenmal. Sie lächelte in das Gesicht auf dem Bildschirm, betrachtete mit Wohlgefallen das glänzende blonde Haar und die markanten Gesichtszüge. Als sie vernahm, wie Carol auf der improvisierten Pressekonferenz vor den rostigen Toren einer abbruchreifen Fabrik in die Mangel genommen wurde, erstarb ihr Lächeln. Ja, bei der Leiche handle es sich um eine junge Frau... Sobald sie polizeilich identifiziert worden sei, werde der Name bekanntgegeben, die Familie sei bereits informiert... Ja, gewisse Ähnlichkeiten mit den Morden an den anderen Frauen seien nicht von der Hand zu weisen... Ob sie das Opfer eines Serienmörders sei, lasse sich noch nicht sagen.

Ein Fernsehreporter fragte besonders ätzend. Ob es stimme, daß die Polizei bisher zwar vier Leichen, aber keinen einzigen Anhaltspunkt habe? Wieso sie nicht zugebe, daß der gelbe Würger wieder zugeschlagen habe? Warum die Polizei nicht in der Lage sei, mit Hilfe neuester wissenschaftlicher Methoden den Mörder zur Strecke zu bringen? Wie viele junge Frauen denn noch abgemurkst werden müssen, bevor etwas Positives unternommen werde?

Carol hörte sich das geduldig an und fixierte den Reporter, ungeachtet der Mikrophone, die ihr die anderen Presseleute vors Gesicht hielten. Als er seine Fragen abgespult hatte, antwortete sie mit gelassener Höflichkeit, daß der Mörder die Frauen allem Anschein nach wahllos umgebracht habe, deshalb sei schwer vorherzusehen, wo er als nächstes zuschlagen werde. „Wir bitten die Bevölkerung um Mithilfe“, sagte sie. „Die Polizei wird jeder Information in bezug auf die Morde nachgehen. Unter einer besonderen Rufnummer nehmen wir alle

Hinweise entgegen, im Moment aber bitten wir die Bevölkerung, sich an das nächste Polizeirevier zu wenden."

Der Reporter beharrte aggressiv: „Kommissarin Ashton, was halten Sie von der neuesten Technologie einer genetischen Fingerabdruckanalyse? Wird die Polizei sich dieser Technik bedienen, oder ist sie ihr zu teuer?"

Carol antwortete kühl: „Die Polizei in New South Wales wendet die neuesten gerichtswissenschaftlichen Technologien an, auch die von Ihnen genannte DNA-Analyse. Da in diesem Fall aber der Mörder in der gesamten Gesellschaft zu vermuten ist, halten wir die Anwendung dieser Technologie für begrenzt."

Jetzt folgte eine lange Einstellung auf die weinenden Eltern, die in ein Auto geleitet wurden. Angewidert von diesem erbarmungslosen Eindringen in privates Leid verzog Sybil das Gesicht und schaltete auf ein anderes Programm, um Carol dort in den Nachrichten zu sehen.

Diesmal zeigten sie Carol mit Mark Bourke hinter dem halboffenen Tor des Fabrikzauns. „Kriminalkommissarin Carol Ashton", sagte der Sprecher im Off unheilvoll, „wurde plötzlich vom politisch brisanten Morenafall abgezogen, um den gelben Würger zur Strecke zu bringen. Ist das, wie manche meinen, ein verzweifelter Schritt des Polizeichefs? Wird damit offen zugegeben, daß die Hüter von Gesetz und Ordnung in ihrem Bemühen, den Mörder dingfest zu machen, heute noch genauso im dunkeln tappen wie bei dem Mord vor einem Jahr?"

Nun wurden die ersten drei Opfer gezeigt, und der Sprecher beschrieb mit betonter Wut die wachsende Angst, die, wie er sagte, „die Stadt in Atem hält!"

Als dann ein aufgeblasener behäbiger Psychologe erklärte, wie schwärender Frauenhaß in stilisierter Gewalt zum Ausbruch kommen kann, schaltete Sybil ab.

Ganz gegen ihre Art schloß Carol sehr vernehmlich ihre Bürotür, um nicht weiter von klingelnden Telefonen und hänselnden Kollegen genervt zu werden. Ihr war sehr bewußt, daß das bleierne Gefühl nicht nur von der Übermüdung herrührte, sondern auch von der Mühe, die es sie kostete, ihren Zorn zu unterdrücken. Der Satz des beharrlichen Reporters ging ihr durch den Kopf: Wie viele junge Frauen denn noch abgemurkst werden müssen... Warum wurde Frauen soviel Gewalt angetan von Männern, die sie schlugen, vergewaltigten und sogar umbrachten, als hätten sie das Recht dazu?

Sie rieb sich die Stirn, sah auf die Uhr und wählte mit resigniertem Seufzen eine Nummer. „Sybil? Ich bin's. Mein Schatz, es tut mir leid, aber heute wird es wieder spät. Warte nicht auf mich, hörst du?“ Sie schmunzelte über den zärtlichen Protest am anderen Ende der Leitung. „Naja, es ist zum Teil deine Schuld, wenn du zu solcher Unzeit an deinen Drehort fährst. Ich komme heim, so schnell ich kann. Ja, versprochen, ich wecke dich bestimmt, wenn's nicht allzu spät ist.“

Carol legte den Hörer auf und starrte mit leerem Blick auf den schwarzen Opal am linken Ringfinger. Am liebsten wäre sie aufgestanden und schnurstracks nach Hause zu Sybil gegangen, hätte sich einfach keine Gedanken, keine Vorstellungen mehr gemacht, sich nicht mehr um die Welt der Laster und Gewalt geschert, mit der sie sich tagtäglich unvoreingenommen befassen sollte. Konnte sie überhaupt noch etwas schokkieren? In ihrem Beruf hatte sie schon das Schlimmste erlebt, das ein Mensch einem anderen antun kann – was also war ein weiterer sinnloser Mord zusätzlich zu den etwa hundert Mordfällen pro Jahr in New South Wales? Abgesehen von Bandenkriegen trachtete die kleine Anzahl mordender Bürger im Land im allgemeinen ihren Liebsten und Nächsten nach dem Leben. Nicht aber vollkommen Fremden. Nicht jungen Frauen, die ihnen niemals was getan hatten.

In den letzten Monaten hatte der Mord an ihrem Kollegen, Kommissar Morena, der erschossen worden war, Carol in Atem gehalten. Sein Tod brachte eine Reihe von Aussagen über Beamtenkorruption und Bestechung seitens der Drogenmafia ins

Rollen, sie wurde mit der Untersuchung betraut, da sie bei Presse und Fernsehen gut ankam.

Sie hatte dem Polizeichef bitter entgegnet, daß es fast den Anschein hätte, als ob politische Beziehungen die Untersuchung behinderten und daß die Enthüllungen in Presse und Fernsehen mehr Wert hätten als die Fakten, woraufhin er spontan reagierte: „Carol, man vertraut Ihnen da draußen. Die Leute wissen, daß Sie bei einer Vertuschung nicht mitmachen würden. Sie sind eine ehrliche Haut, absolut *straight*. Sie sagen, was ist."

Sie lächelte gequält. Daß er das Wort *straight* gebrauchte, war von unfreiwilliger Komik, genauso wie seine Überzeugung, sie würde eine Vertuschung nicht mitmachen. Hatte sie nicht getan, was sie konnte, um ihre Beziehung zu Sybil geheimzuhalten – wenn nötig mit Lügen und Ausflüchten die Wahrheit vertuscht?

In ihrem beruflichen Leben war sie öffentliches Auftreten gewöhnt. Auch wenn sie den Medien kritisch gegenüberstand, mußte sie sich doch eingestehen, daß ihr das Rampenlicht gelegentlich gefiel und sie aus ihren Auftritten in einem schwierigen Interview einige Befriedigung zog. Die politischen Beziehungen im Zusammenhang mit Kommissar Morenas Tod waren eine unwillkommene Herausforderung gewesen, aber eine, die sie unerwartet anregend fand.

Der Fall Morena war inzwischen nahezu abgeschlossen. Mit Erleichterung reagierte der Polizeichef auf Carols Aufklärung: Der Mord stand in keinem Zusammenhang mit dem Drogenhandel. Er war nur die große Rache eines psychotischen kleinen Gauners, der Morena heimzahlte, daß er ihn vor Jahren geschnappt und hinter Gitter gebracht hatte.

„Setzen Sie Bradley ins Bild, damit er die Sache zu Ende bringt", hatte der Polizeichef ihr vor zwei Tagen erklärt. „Ich will, daß Sie sich ab sofort mit den Serienmorden befassen. Wir haben die Belohnung heraufgesetzt, doch das hat nichts gebracht. Carol, ich weiß, die Aufklärung eines derartigen Verbrechens beruht zum Großteil auf Glück, aber die Öffentlichkeit nimmt uns ganz schön unter Beschuß. Es steht Ihnen alles zur Verfügung, was Sie brauchen, in gewissem Rahmen natürlich. Aber ich will Taten sehen – und zwar schnell."

Das erste Opfer des Mannes, den die Presse inzwischen verharmlosend den gelben Würger nannte, war Maria Kelly gewesen. Sie wurde vor etwa einem Jahr getötet, kurz vor Weihnachten, als Carol in Urlaub war.

Die Umstände dieses Mordes waren immerhin so ungewöhnlich, daß er die Öffentlichkeit tagelang beschäftigte, trotzdem wurden die Medien erst sechs Monate später beim zweiten Mord im Mai richtig wach. Sally-Jean Cross war eine von ihnen gewesen, eine Enthüllungsjournalistin, die sich auf „das menschliche Drama hinter der Schlagzeile" spezialisiert hatte, wie man barmherzigerweise nennen könnte, was die Medienkritik als „skrupellose Ausbeutung tragischer Opfer von Katastrophen und Gewalt" bezeichnete.

Die Ironie, daß Sally-Jean nun selbst zur Schlagzeile wurde, entging ihren Kolleginnen und Kollegen nicht; ihre berufliche Karriere wurde in allen Einzelheiten ausgeschlachtet – mit dem sensationellen Verdacht, daß vielleicht eine früher geschriebene Geschichte zu ihrem grausamen Ende geführt habe – zusammen mit den pikanten Details ihrer bereits in aller Ausführlichkeit veröffentlichten Beziehung zu dem mächtigen Medienzar Wilbur Shearing.

Als Sally-Jean ermordet wurde, hatte er ihr gerade zugunsten einer Jüngeren, die fotogener war, den Laufpaß gegeben. Die neuen Medien, die nicht zu seinem Imperium zählten, kommentierten genüßlich den Zeitpunkt ihrer Ausmusterung – wobei sie sich haarscharf an der Grenze zur Diffamierung bewegten –, die sich passenderweise just eine Woche vor ihrem Auftritt in einer beliebten Fernsehtalkshow ereignete, in der sie über ihr Privatleben und ihre Erfahrungen diskutieren sollte. Doch dazu kam es nicht mehr.

Da die Polizei bei diesen ersten beiden Morden offensichtlich nicht weitergekommen war, schwand schließlich das öffentliche Interesse und entflammte erst drei Monate später wieder mit dem Opfer Nummer drei, Narelle Dent.

Und letzte Nacht, kaum drei Monate danach, der vierte Mord, der den anderen in jeder Hinsicht glich.

Entschlossen griff Carol zur Handsprechanlage: „Mark, ich bin auf dem Weg in dein Büro. Ich will alles sehen, was du hast, von den ersten Ermittlungsergebnissen bis heute."

2

Mark Bourke sah erschöpft aus. Seine Kollegen spotteten oft, weil er immer wie aus dem Ei gepellt war und sein Büro penibel in Ordnung hielt. Doch heute abend hing er mit aufgekrempelten Ärmeln und loser Krawatte in seinem Sessel, sein kurzgeschnittenes, glattes braunes Haar stand wirr zu Berge.

Plötzlich fiel Carol auf, was für muskulöse Unterarme er hatte. Körperliche Stärke assoziierte sie im allgemeinen nicht mit Bourke. Sie hatten nun schon viele Fälle gemeinsam bearbeitet, und seine unaufdringliche Effizienz war für sie selbstverständlich geworden. Aber als sie ihm jetzt fragend in das offene, sympathische Gesicht sah, wurde ihr bewußt, wie wenig sie eigentlich über sein Privatleben wußte. Sie hatte in gelegentlichen Andeutungen von einer persönlichen Tragödie gehört, die schon Jahre zurücklag, bevor sie das erstemal zusammenarbeiteten – bei einer Bootsfahrt waren seine Frau und sein Kind tödlich verunglückt. Er hatte nie wirklich mit ihr darüber gesprochen.

Wie absurd, dachte sie, mir ausgerechnet jetzt über Marks Privatleben den Kopf zu zerbrechen. Trotzdem gab es ihr einen Stich, und sie empfand Schuldgefühle. Er hatte ihr immer als guter Freund zur Seite gestanden... wie hatte sie es ihm bisher gedankt?

„Also“, sagte sie aufmunternd, „was hast du herausgefunden?“

Mark Bourkes Gesicht war lustlos und müde, ohne den gewohnten humorvollen Ton sagte er: „Die Kordel um den Hals, es ist stets die gleiche. Knallgelbes Nylon, sechs Millimeter, achtfasrig.“

Carol prüfte das herübergereichte Stück. „Irgendwas Ungewöhnliches?"

„Fehlanzeige. Und obendrein überall zu haben, also kaum eine Hoffnung, hier irgendwas zu finden. Der Knoten gibt ein bißchen mehr her. Jedesmal der gleiche, exakt geknüpft. Ein modifizierter Schifferknoten."

„Benutzt man ihn in einem speziellen Gewerbe oder Bereich?"

„Eigentlich nicht. Könnte sein, daß der Täter sich mit Booten befaßt, zum Beispiel segelt." Mit einem Lächeln versuchte er, ihr angespanntes Gesicht aufzuheitern. „Pfadfinder beschäftigen sich gern mit Knoten. Vielleicht sind wir hinter einem durchgeknallten Boyscout her."

Carols Miene blieb unbeeindruckt. Sie fragte: „Wieso ausgerechnet dieser Knoten?"

„Nun, ein derartiger Schifferknoten zurrt sich ganz fest zusammen, wenn etwas daran zieht, und er bleibt fest, auch wenn die Zugbelastung wegfällt. Zum Erdrosseln ist er allerdings nicht sonderlich geeignet, weil die Kordel mehrfach um den Hals geschlungen werden muß und die Enden für den Knoten durchgezogen werden müssen. Soweit wir herausfinden konnten, würgt er die Frauen erst mit einer einfachen Schlinge bis zur Bewußtlosigkeit, dann erdrosselt er sie in aller Ruhe endgültig mit einem sauberen Schifferknoten."

Sie preßte die Lippen aufeinander. Ihre Stimme klang nur eine Spur interessierter, als sie nun fragte: „Wurden sie irgendwie unter Drogen gesetzt?"

„Keine Drogen. Die zweite, Sally-Jean Cross, hatte Spuren von Alkohol im Blut, genau wie Narelle Dent, doch in beiden Fällen nur ganz wenig. Mit Sicherheit waren sie nicht betrunken. Wie es sich mit der Frau gestern nacht verhält, weiß ich noch nicht, aber das erste Opfer, Maria Kelly, war stocknüchtern, deshalb gibt es keinen Grund zu der Annahme, sie habe gehorsam stillgestanden, während der Mörder sie mit diesem komplizierten Knoten erdrosselte. Jedenfalls deutet die Autopsie darauf hin, daß unsere Theorie einer Vorerdrosselung wahrscheinlich stimmt."

Ihr Ton war beißend. „Vorerdrosselung, Mark? Das klingt ja wie ein aufregendes kleines Vorspiel vor dem Mord."

„Carol, das geht dir ja echt an den Nerv! Ich weiß nicht, warum..."

„Weiter. Was noch?"

Bourke schnitt eine Grimasse. „Er ist eine pedantische Bestie. Wie du heute gesehen hast, drapiert er die Leichen ganz systematisch, und zwar immer gleich. Jedes Opfer lag auf dem Rücken, wie bei einer Totenaufbahrung, die Arme angewinkelt und über der Brust gekreuzt, die Beine gerade ausgestreckt, die Füße zusammen. Natürlich hat unser Bursche seine kleine persönliche Note – der Kopf steckt in einem Bezug, immer der gleiche billige Kissenbezug aus Baumwolle, und er bindet die Daumen zusammen, damit die gekreuzten Arme nicht auseinanderfallen. Dasselbe mit den großen Zehen, damit die Füße zusammenbleiben. Sorgt für eine akkurate Leiche."

„Was für Knoten an Händen und Füßen?"

„Die gleiche gelbe Kordel, aber kein so komplizierter Knoten, nur ein ganz gewöhnlicher Reffknoten mit untergeschlungenen Enden."

„Das Kopfkissen?"

„Bringt überhaupt nichts. Jedes ist fabrikneu, aus weißer Baumwolle, Massenware."

Carol reckte ungeduldig die Schultern, spürte die Seide ihrer blauen Bluse auf der Haut. „Was hast du noch?"

„Nicht viel. Nichts Vergleichbares in anderen Staaten. Keine ernstzunehmenden Zeugen."

„Kommt jemand dafür in Frage?"

„Nein. Wir haben die Karteien sämtlicher Gewaltverbrecher durchforstet, national und international, ohne Erfolg. Der einzige mit ähnlichem Modus operandi sitzt in Südaustralien hinter Gittern, und selbst der hatte nicht solche Marotten wie dieser."

Ihr gereizter Ton verriet ihren Zorn. „Du willst damit sagen, daß du vier Leichen hast und keinen Verdächtigen?"

Er hielt ihr die Handflächen hin, das Gesicht in frustrierte Falten gelegt, und ihr wurde bewußt, daß er seine Frustrationen im allgemeinen vor ihr verbarg. „Carol, du weißt, wie schwer sowas ist. Natürlich bekommen wir die üblichen Anrufe, in denen Verrückte sich bekennen und Leute einfach wissen, daß ihr Nachbar ein Serienmörder ist, dann die Anrufe aus Rache... und alles haben wir überprüft. Wir hatten ein paar Spuren, die anfangs vielversprechend wirkten – Phantombilder sind an die Medien gegangen, um zwei mögliche Verdächtige aufzuspüren, die in der Nähe des Fundorts von Sally-Jean Cross und Narelle Dent gesehen wurden, doch als wir die beiden hatten, gab es weder eine Ähnlichkeit mit den Zeichnungen noch den leisesten Verdacht, daß die beiden mit den Morden zu tun haben könnten."

Carol bereute ihren Zorn und sagte etwas sanfter: „Sally-Jean Cross war mit Wilbur Shearing liiert. Ist bei seiner Überprüfung irgendwas rausgekommen?"

„Das glaubst du doch selbst nicht, Carol", antwortete er säuerlich. „Wenn Wilbur Shearing II. sagt, er ist sauber, stoßen all seine Zeitungen und Fernsehsender in sein Horn."

„Ist er's?"

Bourke verzog die Mundwinkel. „Sieht so aus – und noch schlimmer. Hat sofort ein Bataillon von Rechtsanwälten um sich geschart, als Sally-Jeans Identität bekannt wurde, aber vermutlich ist das so üblich bei Leuten wie ihm, wenn sich Ärger anbahnt."

„Alibi?"

„Selbstredend. Wir haben das genauestens überprüft, leider war es astrein. Trotzdem habe ich Ferguson darauf angesetzt, zu ermitteln, wo er sich gestern nacht aufgehalten hat. Nach dem Tod seiner Exfreundin haben wir ihm dezent nahegelegt, sich freiwillig einer Blutprobe für eine DNA-Analyse zu unterziehen, aber er sagte, wir sollten uns verpissen, und wir hatten nicht das geringste in der Hand, ihn zu zwingen. Konnten nicht mal seine Blutgruppe rausfinden, da er weder Blut spendet noch je eine Operation hatte, für die man seine Blutgruppe festgestellt hätte."

Carol blätterte den Obduktionsbericht von Sally-Jean durch. „Was kam bei der Gewebeprobe raus, zu der du Shearing veranlassen konntest?"

Bourke lehnte sich zurück, verschränkte die Hände hinter dem Kopf und starrte verdrossen zur Decke. „Wir können ihn nicht direkt mit Sally-Jeans Tod in Verbindung bringen. An ihren Händen haben wir Stoffasern gefunden, vielleicht hat sie ihm das Hemd zerrissen, doch hätte jeder das verdächtige Kleidungsstück sofort verschwinden lassen. Also hofften wir auf eine Übereinstimmung mit den Hautpartikeln unter den Nägeln des ersten Opfers, Maria Kelly. Als sie erwürgt wurde, hat sie offenbar den Angreifer hinter sich abwehren wollen und ihn dabei ganz schön gekratzt, insofern wissen wir, daß er Blutgruppe O positiv hat."

„Sperma?"

„Nichts. Keine Vergewaltigung – keine Spur von irgendwelchen sexuellen Übergriffen."

„Das dritte Opfer, Narelle Dent – gibt's da irgendwas?"

Bourke richtete sich gerade auf und sagte kühl: „Bei ihr war er schon sehr effizient. Außer einigen gelben Nylonfasern, als sie versuchte, die Kordel zu lockern, nicht die geringste Spur. Ansonsten hat sie sich anscheinend überhaupt nicht gewehrt."

Carol sah plötzlich im Geist, wie ihr eine gelbe Schlinge um den Hals geworfen wurde, die ihr die Luft abdrückte und ihr Leben auslöschte. Wie viele Frauen hätten die Geistesgegenwart, nach dem Täter zu greifen und nicht nach dem Strick, der sie erdrosselte?

Sie fragte: „Wann bekommen wir den Bericht über das letzte Opfer?"

Bourke zuckte die Achseln. „Ich habe allen Dampf gemacht. Sie sagten, sie täten ihr Bestes."

„Das ist nicht genug", entgegnete sie und griff zum Telefon. „Morgen früh will ich als allererstes einen vollständigen Bericht haben, und mir ist ziemlich schnurz, wie viele Leute dafür heute eine Nachtschicht einlegen müssen."

Die Heimfahrt durch die Einsamkeit der Nacht gab Carol immer ein wenig das Gefühl der Orientierungslosigkeit. Die Straßen der Großstadt, tagsüber so belebt, erschienen ihr nachts wie fremdes und feindliches Gelände. Riesige Tankwagen spritzten den Dreck des Tages vom Asphalt, vollautomatische Bürsten kehrten den Abfall beiseite, Maschinengetöse und die Stimmen der Arbeiter durchdrangen die Stille.

Auf der Harbour Bridge herrschte noch reger Verkehr, und sie fragte sich wieder einmal, was all die Leute so spät hier taten und wohin sie so zielstrebig fuhren.

Als sie die Hauptverkehrsstraßen verließ, fiel der Lärmpegel drastisch, wenn einige Motoren auch voll aufgedreht wurden.

In der langgestreckten S-Kurve der Spit Road fuhr sie unversehens mit einem BMW um die Wette, und von plötzlichem Konkurrenzgeist erfaßt, jagte sie ihn den Abhang hinunter, über die Spit Bridge, die das im Mondschein metallisch glänzende Wasser überspannte, den steilen Hügel auf der anderen Seite hoch.

Sie grinste und winkte anerkennend, als sie bremste, um nach links abzubiegen, der BMW bretterte dröhnend davon. Vorsichtig fuhr sie durch die stillen Straßen, auf selbstmörderische Katzen und Opossums gefaßt, und rangierte den Wagen schließlich auf den ebenerdigen Doppelstellplatz.

Die Mondsichel schwamm im dunklen Himmel, erschuf eine schwarzsilbrige Schattenwelt mit fremden Konturen. Auf ihrem Weg zum Haus begrüßte Sinker sie mit erhobenem Schwanz, Sybils molligen Jeffrey auf den Fersen. Sinker hatte sich nicht gerade zugänglich gezeigt, als Jeffrey vor einem Jahr eingezogen war, doch mit der Zeit hatte sich seine Säuernis gelegt, und inzwischen nahm er den rötlichen Eindringling mit hochnäsigem Gleichmut zur Kenntnis. „Ich weiß, daß Sybil euch schon vor Stunden gefüttert hat." Carol sagte zu den beiden Katern, die halbverhungert taten: „Also strengt euch gar nicht erst an."

Natürlich wußte sie, genau wie die beiden, daß sie ihnen noch einen Nachtisch servieren würde, aber die Unnachgiebigkeit gehörte zu ihrem Spiel.

Sybil hatte im Wohnzimmer das Licht brennen lassen. Die vertrauten Möbel, bunten Läufer und das helle Zedernholz der Wände hatten etwas Tröstliches. Carol legte ihren Aktenkoffer auf die Bank, die das Zimmer von der geräumigen Küche trennte, mahnte die Katzen zur Geduld und ging ins Schlafzimmer. Sybil schlief. Carol beugte sich über sie. „Liebste, ich bin wieder da." Sie betrachtete Sybil, die sich regte und verschlafen murmelte. Ihre Verletzlichkeit versetzte Carol plötzlich vor Angst einen Stich. Eine Frau, allein, im Schlaf. Was schützte sie vor einem Überfall, einem Angriff? Statistiken? Glück?

Carol reckte die verspannten Schultern. Die meisten Menschen glaubten, daß ihnen so etwas nicht passierte, und im allgemeinen stimmte das ja auch – aber sie sah die Unglücklichen, deren Leben aufgrund eines entsetzlichen Zusammentreffens von Zeit, Ort und Ziel ausgelöscht worden war, diese irre Verkettung von Täter und Opfer.

Sie streichelte Sybil die Wange und kehrte in die Küche zurück, zu ihrem Aktenkoffer mit den nackten Tatsachen des Lebens und Todes von drei jungen Frauen und den vorläufigen Details über Alissa Harvey, die am Spätnachmittag von ihren verzweifelten Eltern identifiziert worden war.

Sinker und Jeffrey umstrichen ihren Napf mit Fisch, wie üblich tief beleidigt über die Portion. Sie schmunzelte über die gespielte Verachtung, goß sich einen Whisky mit Wasser ein und legte die Akten ordentlich nebeneinander auf die Bank.

Das Leben reduziert auf eine Akte, in der rechten Ecke ein getipptes Namensschild: MARIA KELLY, SALLY-JEAN CROSS, NARELLE DENT. Alissa Harveys Existenz war noch nicht auf ein Namensschild auf einer Akte geschrumpft, doch das schrieb Bourke sicherlich morgen.

Mit tiefem Seufzer schlug sie Maria Kellys Akte auf. Die junge Frau lächelte ihr vertrauensvoll entgegen, als sei sie überzeugt, daß die Zeit für sie arbeite. Es war ein Reklamefoto – sie hatte ein paar kleine Sachen in der Werbung gemacht und einige Statistinnenrollen in Fernsehserien gespielt. Der letzte Film, in dem sie aufgetreten war, wurde von Wilbur Shearings Regionalsender produziert und ausgestrahlt – ein Zufall vielleicht.

Carol studierte das offene Gesicht. Maria Kelly: dreiundzwanzig, eine Schauspielerin am Anfang ihrer Karriere, gesund, vielleicht glücklich, jetzt tot, denn ein Serienmörder hatte sie sich als erstes Opfer auserkoren.

Doch wie wurde sie auserkoren? Warum? Gab es ein bestimmtes Muster? Etwas Geheimnisvolles an ihrer Persönlichkeit, ihren Aktivitäten, ihren Freunden oder gar an ihrem Äußeren? War es einfach die Tatsache, daß er Frauen haßte und sie zufällig zur Stelle war? Und wenn, was reizte den Mörder? Eine sexuelle Austrahlung des Opfers, die ihn so aufstachelte, daß er diese Person umbringen mußte? Oder handelte es sich um einen religiösen Wahn, der in eine Reihe von Opfern an einen blutrünstigen Gott übersetzt wurde?

Maria Kelly war vor etwa einem Jahr gestorben, im Dezember, die Schaufenster waren weihnachtlich dekoriert, tagtäglich brütete die Sommersonne. Im Laufe ihrer langen Erfahrung hatte Carol sich zwar an die Fotos der Opfer von Gewaltverbrechen gewöhnt, dennoch schockierte sie der Unterschied zwischen dem hübschen lächelnden Gesicht und der verzerrten Grimasse, die unter dem Kissenbezug zum Vorschein gekommen war. Ihre Leiche wurde im Royal National Park gefunden, nahe bei Audley Weir im Süden Sydneys, einem weitläufigen natürlichen Buschgelände, ideal für ein schnelles Verscharren.

Aber es war gar nicht erst versucht worden, den nackten Leichnam zu verbergen, er wurde auf dem Picknickplatz am

Port Hacking River säuberlich hindrapiert, als sollte der Respekt vor dem Tod verspottet werden.

Der Obduktionsbericht lautete: Tod durch Ersticken, zehn bis zwölf Stunden vor dem Auffinden der Leiche. Verfärbungen lassen darauf schließen, daß der Leichnam eine Zeitlang auf der Seite gelegen hat, ehe er auf den Rücken gedreht wurde, etwa eine Stunde vor dem Tod war ein chinesisches Mahl verzehrt worden, Alkohol konnte im Blut nicht nachgewiesen werden.

Carol verzog das Gesicht. Mit völlig klarem Kopf in den Tod zu gehen – war es besser zu wissen, was passierte, die letzten Augenblicke des Lebens ganz genau zu empfinden? Oder war es besser, von Alkohol benebelt den Todesschrecken nur verschwommen wahrzunehmen?

Maria Kellys Kleidung war sorgsam zusammengefaltet und zu ihren nackten Füßen aufeinandergelegt worden, obendrauf ihre Lederhandtasche, Papiere und Geld unangetastet. Mark Bourke hatte mit Bleistift an den Rand des Berichts notiert: *Weiß, wie man Kleidung knitterfrei faltet – packt sehr ordentlich. Textilverkäufer? Reisender?*

Die folgenden Seiten enthielten ein genaues Protokoll sämtlicher persönlichen Details über Maria Kelly. Der Tod hatte ihr das Leben und das Recht auf Persönlichkeit genommen. Informationen über das Beziehungsgeflecht, in dem sich jeder Mensch bewegt: Familie, Freunde, Freundinnen, Verwandte, Arbeitskolleginnen und -kollegen – Leute, die dich vielleicht mögen, lieben, hassen oder dir gleichgültig gegenüberstehen. Und natürlich Einzelheiten über Maria Kellys sexuelle Erfahrung. Wäre sie rot oder blaß geworden, wenn sie diese kalte Ermittlung ihrer Intimsphäre gelesen hätte? Sie war mäßig aktiv gewesen, gefühlsmäßig anscheinend nicht involviert. Leider kam kein eifersüchtiger Liebhaber als Verdächtiger in Frage, keine ungewöhnliche geheime Aktivität als Motiv. Sie war eine durchschnittliche, attraktive, nicht sonderlich bemerkenswerte junge Frau, die vom Ruhm als Schauspielerin geträumt und ins Rampenlicht der Öffentlichkeit geraten war – nicht durch ihr Talent, sondern durch die Art ihrer Ermordung.

Carol trank den Rest Whisky in einem Zug, machte das Licht aus und trat auf die mondhelle Terrasse. Silberne Eukalyptusbäume seufzten in der sanften Brise, der nervende Ruf eines Koel, eine Kuckucksart, ertönte unermüdlich. Er steckte sein Territorium ab, nutzte die kühlere Nachtluft, um seine Botschaft an mögliche Rivalen zu bringen. Vögel, Tiere – sie vergewaltigten und erdrosselten nicht. Rituale zur Befriedigung eines krankhaften, tiefverborgenen Wahns waren ihnen fremd.

„Du Monster", sagte sie laut in die Nacht. „Schläfst du jetzt, tief und fest? Wo du auch bist, ich werde dich finden."

3

Nach einem flüchtigen Blick auf die Morgenzeitung mit ihrer knalligen Schlagzeile über das letzte Opfer des gelben Würgers studierte Sybil bei einer Tasse starkem Kaffee den Plan für den zehnten Drehtag von *Tod in Australien:* die Szenenfolge des heutigen Tags, alle ermüdenden Details hinsichtlich des benötigten Teams, der einzelnen Einstellungen bei den Außenaufnahmen, Parkmöglichkeiten, Kantinenversorgung und wann und wo jeder Schauspieler zur Stelle sein mußte. Da der Film in den fünfziger Jahren spielte, durfte bei den Straßenszenen die rasante Entwicklung des modernen Sydney nicht ins Bild kommen. Heute wurde in Glebe gedreht, einem alten Vorort, und die beiden jungen Schützlinge Sybils mußten ab halb acht für die ersten Szenen bereit sein. Sybil war zwar nicht für ihr Erscheinen am Drehort verantwortlich, aber man erwartete von ihr, daß sie sie gütig beaufsichtigte, sie während der Drehpausen bei Laune hielt und ihnen obendrein etwas beibrachte, um den ausgefallenen Schulunterricht wettzumachen.

Sybil fand die jüngere der beiden, ein Mädchen der Aborigines namens Kirra Goolamurra, erfreulich lern- und wißbegierig, während ihr weißer Partner, Malcolm Murtry, eher ein Problem war. Er war ein Aufschneider, hielt sich für höchst talentiert und ein künftiges Sexsymbol und lehnte unverhüllt ab, daß ein angehender Star seines Kalibers seine Zeit mit Schularbeiten verplempern sollte.

Abgesehen von den Schwierigkeiten, beim Drehen eines Films eine ernstzunehmende Erziehungsarbeit zu leisten, fand Sybil alles sehr spannend. Es hatte sie fasziniert, Ripley Patterson in Person zu begegnen, dem aus USA importierten Filmstar, dessen fast unanständig gutaussehendes Gesicht allen Leuten in Australien bestens vertraut war. Seine Mitwirkung garantierte den Vertrieb des Films in den Vereinigten Staaten.

Sybil gefiel nicht nur, daß sie mit solcher Prominenz in Berührung kam, sondern auch, daß sie Teil eines Teams hochkarätiger Experten der verschiedensten Sparten war, die nahtlos zusammenarbeiteten mit nur einem Ziel: einen Film zu schaffen. Sie hatte bereits zu Ton und Licht eine unkomplizierte Beziehung geknüpft, witzelte mit dem Versorgungsteam, und bei Garderobe und Maske lauschte sie fasziniert dem Klatsch aus dem Showgeschäft. Neugierig beobachtete sie den gottähnlichen Status des Regisseurs, Vic Carbond, dessen zwei Regieassistenten seine Befehle wie von einem Thron herunter weiterleiteten – Anordnungen, Kommandos und Kommentare gaben sie wortwörtlich an einen Stab von Leuten durch, die bei jeder Szene herumschwirrten.

Wenn das Team nicht im Studio war, sondern Außenaufnahmen drehte, mußte die ganze Ausrüstung samt Generator zum Gelände transportiert und für die einzelnen Sparten wie Garderobe und Maske mußten diverse Wohnwagen organisiert werden. Vor allem bewunderte Sybil Charlie Date, der als Produktionsleiter während der Dreharbeiten für die gesamte Organisation von Drehort zu Drehort verantwortlich war, sich außerdem um die Fahrzeuge, Parkmöglichkeiten und das Wichtigste, die pünktliche Versorgung zu kümmern hatte.

Sie sah auf die Uhr. Um halb sieben herrschte zwar im allgemeinen noch wenig Verkehr, aber sie mußte auf jeden Fall rechtzeitig in Glebe sein. Sie ging leise ins Schlafzimmer. Carol lag auf dem Rücken, einen schlanken braunen Arm über ihren Kopf geworfen, das blonde Haar zerzaust auf dem dunkelblauen Kissen, ihr markantes Gesicht so schutzlos. Der energische Mund war entspannt, sie sah jünger, weicher aus. Immer ging eine von ihnen, wenn die andere noch schlief, dachte Sybil. Carol arbeitete jeden Abend furchtbar lange, während sie selbst sich für die achtwöchige Vertragsdauer mit Mayberry Movies, einer Tochter von Wilbur Shearings Medienkonzern, vom Vollzeitunterricht in der Schule hatte beurlauben lassen.

Am liebsten wäre sie jetzt wieder zu Carol ins Bett geschlüpft, statt dessen strich sie ihr zärtlich mit dem Finger über das blonde Haar, beugte sich hinunter, um sich mit einem Kuß zu verabschieden. Carol rührte sich, schlug die grünen Augen auf und lächelte. Schlaftrunken sagte sie: „Mußt du schon so früh weg? Bleib noch ein Weilchen bei mir."

„Geht nicht. *Tod in Australien* ruft. Aber vergiß nicht, daß du versprochen hast, heute abend zu einer anständigen Zeit heimzukommen. Ich sehe dich dann."

Carol schlang ihr die Arme um den Hals und zog sie zu sich herab. Ihr Mund war warm, ihre Zunge fordernd. Ihre Hand glitt unter Sybils Bluse, die Fingernägel kratzten sachte über ihren Rücken.

Lachend machte Sybil sich los. „Nichts da. So leicht kannst du mich nicht verführen. Doch gib die Hoffnung nicht auf, versuch's heute abend noch einmal. Ja?"

„Wenn du Glück hast – vielleicht."

Sie ging nur ungern fort. Sie vermißte ihren gewohnten Tagesanfang, wenn sie miteinander die Ereignisse des Tages beredeten. „Carol, ist alles in Ordnung?" fragte sie plötzlich ernst.

Carol unterdrückte ein Gähnen. „Aber sicher. Bis heute abend."

Während Sybil sich in den morgendlichen Verkehr einfädelte, dachte sie nach. Sie hatte sich an Carols Distanziertheit gewöhnt, wenn sie an einem Fall arbeitete, der sie ganz und gar forderte – doch kam ihr die Reserviertheit diesmal ein wenig gebrochen vor. Hätten sie nur mehr Zeit zum Reden... Aber das Zusammensein war momentan ein Luxus.

Da Sybil sich vertraglich verpflichtet hatte, anwesend zu sein, wenn ihre Schützlinge drehten, arbeitete sie nach unregelmäßigem Plan, der sich von Tag zu Tag änderte und oft auch während des Drehens, vor allem, wenn bei Außenaufnahmen das Wetter die Szenenfolge veränderte. Ende nächster Woche würde das ganze Team, auch sie und ihre Schützlinge, Sydney verlassen und nach Ayers Rock und in die rote Wüste fahren. Sie hatte sich über den Film lustig gemacht und zu Carol gesagt: „Soweit ich das sehe, reißt die Handlung in *Tod in Australien* nicht vom Hocker, es ist auch nicht gerade ein tolles schauspielerisches Glanzstück – aber die Landschaft, Carol! Also die ist wirklich großartig!"

Der Vorort Glebe grenzt an die altehrwürdige Sydney University. Studenten auf der Suche nach Wohngemeinschaften in Universitätsnähe hatten sich in den geduckten Häusern und Grünanlagen von Glebe breitgemacht. Die frühere Schlafstadt für Arbeitskräfte in Handel und Industrie wurde heutzutage von vielen sozialen Schichten bewohnt – Studenten, Beamten, Intellektuellen, klassischen Proletariern und, wie in allen Städten, den aus der Bahn Geworfenen, für die das Leben ein Kreislauf von Armut und Enttäuschung war.

Als Sybil an der Kreuzung Bredon Street und Glebe Point Road eintraf, parkten dort schon die Teamfahrzeuge, der Verkehr wurde bereits umgeleitet. Viele Schaulustige standen herum und warteten neugierig, daß etwas passierte. Sybil hätte ihnen am liebsten erklärt, wie sinnlos das war. Denn soviel hatte sie mittlerweile vom Filmemachen begriffen: Zwischen den kurzen Schüben hektischer Betriebsamkeit, wenn einzelne Teile des Drehbuchs in Filmszenen umgesetzt wurden, lagen endlose Wartezeiten.

Sie parkte eine Straße weiter und ging zu dem Pulk von Wohn- und Lastwagen hinüber. Das Filmen in den Straßen von Sydney bedingte eine Mischung aus schamloser Frechheit und Vertrauen auf die Neugier der Öffentlichkeit. Straßenverkehrsamt und Bezirksämter genehmigten in den seltensten Fällen sämtliche Aktivitäten eines Filmteams, und Sybil staunte immer wieder, wie weit man die Hilfsbereitschaft der Bevölkerung beanspruchen konnte. Da trampelten Techniker in Gärten herum, verstellten Einfahrten, behinderten den Verkehr, baten um Toilettenbenutzung und machten sich einfach überall breit.

Ihr kleines Wohnmobil, das beim Team der Schülerexpreß hieß, parkte unter den schlaffen Zweigen eines traurig aussehenden Baums. Als sie die Tür öffnete, begrüßte sie Charlie Date, der Produktionsleiter, mit freundlichem Nicken. Zu Anfang hatte er sie nicht gerade mit Höflichkeiten überschüttet, aber in letzter Zeit zeigte er sich, für seine Verhältnisse, geradezu überschwenglich.

Sie stieg in den engen Wohnwagen und legte das Unterrichtsmaterial zurecht. Sie sah auf, als Charlie den Kopf durch die Tür steckte. „Ich habe die Kantine an der Bredon Street aufgestellt. Ihre Kinder werden zum Frühstück dort abgesetzt. Am besten leisten Sie ihnen Gesellschaft. Hm?“ Er klang freundlich, aber auch etwas vorwurfsvoll, als wolle er andeuten, daß sie ihre Pflichten vernachlässige.

Irritiert blickte Sybil in Charlies trübe, blaßblaue Augen, auf seinen herabhängenden braunen Schnauzbart und das nette Grübchen auf dem Kinn. Auch wenn er sich ganz offensichtlich für sie erwärmte, hielt er sie noch immer für eine Außenseiterin, eine Fremde in einem Team von Spezialisten, die gemeinsam ihr Bestes gaben. Sie alle hatten ein kameradschaftliches Verhältnis untereinander, das sich aus vielen ähnlichen Situationen entwickelte hatte, eine große wechselnde Familie mit einem gemeinsamen Ziel.

Charlie wartete, während sie die Wohnwagentür schloß. „Ich werde mitkommen“, sagte er.

Er war groß, doch nicht muskulös, seine Stimme klang etwas zu hoch und zu sanft für seine Statur. Sie suchte nach einem Wort, das sein Äußeres passend beschrieb – nicht weich, nicht fett, aber glatt, allzu beherrscht, gut kaschiert, ohne innere Härte.

Um das peinliche Schweigen zwischen ihnen zu durchbrechen, machte sie beim Gehen ein paar oberflächliche Bemerkungen. Charlie nickte bloß hin und wieder. Doch er ließ sie kaum aus den Augen.

Alice Fleming, die Garderobiere, hatte es auf sich genommen, Sybil vor Charlie Date zu warnen. „Guter Mann", hatte sie erklärt, „hat ein Herz aus Gold, ein Lieber, aber er versucht gerade, über seine schreckliche Scheidung hinwegzukommen. Denken Sie nur, seine Frau hat ihn verlassen – wegen einer anderen Frau, ob Sie's glauben oder nicht! Und dann noch die Kinder mitgenommen. Er sieht sie natürlich – er ist ein guter Vater. Nimmt sie mit raus auf sein Boot, wann immer er kann. Allerdings glaube ich nicht, daß er jetzt schon soweit ist, eine neue Beziehung einzugehen. Ich meine, sein Vertrauen in Frauen muß ja völlig zerstört sein, nicht wahr?"

Alice interessierte sich brennend für persönliche Details, die sie mit größtem Fleiß aus allen herauslockte. Ihr breiter, schmallippiger Mund stand nie still – und nur selten blieb ihr vor Staunen die Spucke weg, wenn sie hinter einen heimlichen fetten Brocken gekommen war. In ihrer Position schnappte sie fortwährend intime Pikanterien auf, und derart bewaffnet präsentierte sie sich als Autorität geheimer und ungeschminkter Details aus dem Privatleben eines jeden.

Sybil wußte, daß sie für Alice eine unerwartet harte Nuß war. Alice fragte sie aus, mal direkt, mal hinten herum, aber Sybil parierte jedesmal amüsiert. Dann strich sich Alice das braune Kraushaar aus der Stirn und versuchte es unbeirrt aufs Neue.

Unvermittelt unterbrach Charlie Sybils Gedanken: „Gehen Sie heute Abend mit mir aus? Wir drehen heute nicht."

Überrascht antwortete sie mit einer spontanen Absage. „Tut mir leid, Charlie, ich bin schon besetzt."

„Sybil ist eine Frau voller Geheimnisse", sagte hinter ihnen eine Stimme.

Charlie runzelte unwirsch die Stirn, doch der Störenfried, Luke West, gesellte sich zu ihnen.

„Du weißt ja, daß Sybil sich rein ans Geschäftliche hält", meinte er vergnügt. „Sogar Alice Fleming steht vor einem Rätsel, und das will was heißen!" Er wandte sich lachend an Sybil. „Na, kommen Sie, Charlie und mir können Sie's doch verraten. Also, wer ist der Mann Ihres Lebens?"

Sie fragte sich, was die beiden wohl sagen würden, wenn sie die Wahrheit erführen. Sie hatte Carol erklärt, daß, sollte jemand aus dem Team sie direkt danach fragen, sie darauf antworten können möchte. Carols zornige Erwiderung hatte sie noch gut im Ohr: „Ich will nicht, daß Leute über unser Privatleben reden. Das geht nur uns an und niemand sonst."

Sie dachte, wäre ich von Anfang an offen damit umgegangen, wäre ich jetzt nicht in einer solchen Lage.

„Ehrlich gesagt, ist mein Leben ziemlich langweilig", sagte sie. „Sie fänden es ganz und gar nicht interessant."

Luke West lächelte sie an. Charlie nicht.

Carol versuchte jeden Tag, in der Frühe zu joggen, aber in den letzten Wochen hatte der Arbeitsstreß verhindert, daß sie ihre Routine einhielt. Heute lief sie später als sonst, und die Sonne stach schon ganz schön. Mit Olga, der ausgelassenen deutschen Schäferhündin ihrer Nachbarn, legte sie auf den steilen Straßen und im angrenzenden Buschgelände ein schnelles Tempo vor. Unter dem Halbschatten der Eukalyptusbäume schlug ihr das Summen der Insekten in Wellen entgegen, die Vögel, die frühmorgens so lärmten, waren bereits verstummt. Akazien blühten in gelben Knollen, und die warme Luft duftete nach Eukalyptus. Olga tollte neben ihr her, während Carol schon keuchte, aber ihr Tempo nicht verringerte. Als sie Olga abgeliefert hatte und atemlos zu Hause ankam, fühlte sie sich zwar erschöpft, doch wie neu und gestärkt. Wie gut, daß sie sich zu dieser Disziplin überwunden hatte.

Während sie ihre Laufschuhe auszog, klingelte das Telefon. Mark Bourke klang aufgedreht. „Carol, stell dir vor, Madeline Shipley behauptet, ein Mann hätte angerufen, und es könnte der sein, den wir suchen."

Carols Gedanken rasten: Madeline Shipley, einer der erfolgreichsten TV-Stars. *Der Shipley Report*, eine einfühlsame aktuelle Sendung, wurde montags bis freitags am frühen Abend ausgestrahlt und hatte durchgehend hohe Einschaltquoten.

Madeline Shipley mußte ihre Interviewpartner und -partnerinnen nicht beknien – sie drängten sich geradezu, in ihrer Sendung aufzutreten. „Wann?" fragte Carol.

„Gestern abend, nach der Sendung. Wie üblich war es eine Live-Sendung, und sie sagt, daß immer eine Menge Leute anschließend anrufen. Diese Show sieht doch jeder, warum nicht auch ein Serienmörder. Nach dem, was sie erzählt hat, halte ich es für möglich. Ernsthaft."

„Jemand von uns sollte zu ihr fahren."

„Nichts täte ich lieber, als mich Shipleys Charme auszuliefern, aber sie will natürlich dich. Sie ist heute morgen um zehn im Sender zu erreichen. Paß auf, daß sie dich nicht auf eine exklusive Sache festnagelt. Du weißt ja, wie sie ist... Und noch was, Carol, die Sendung, in der Sally-Jean vor ihrem plötzlichen Tod auftreten sollte, war *Der Shipley Report*. Interessant, nicht?"

Nachdenklich legte Carol den Hörer auf. Durch lange Erfahrungen mit den Medien war sie mit den ungeschriebenen Regeln vertraut, da wusch eine Hand die andere. Zynisch gesagt, sie hielt es für ein ausgeklügeltes Spiel gegenseitiger Manipulation: Die Medienleute kooperierten bereitwillig, und im Gegenzug wurde ihnen Verfügbarkeit und Exklusivität garantiert.

Allerdings spielte Madeline Shipley dieses Spiel nicht so ganz mit. Sie stand darüber, im großen und ganzen eher unberührt von solchen Machenschaften. Sie war mit einem Maler verheiratet und schirmte ihr Privatleben völlig ab, aber im Fernsehen engagierte sie sich voll, deshalb war sie bei ihrem Publikum so sehr beliebt. Natürlich war sie attraktiv – das Fernsehen schätzt nur telegene Frauen –, doch sie hatte mehr zu bieten als glänzendes Aussehen. Männer und Frauen waren gleichermaßen von ihrem Charme berückt.

Carol war nie in ihrer Sendung aufgetreten, aber sie spürte die enorme Anziehungskraft dieses Charmes, wenn sie Madeline Shipley auf dem Bildschirm sah. Deshalb war sie ja so erfolgreich, dachte Carol. Unverkrampft und geschickt interviewte sie sowohl aufgeblasene Politiker, wirkliche Persönlichkeiten oder auch Normalsterbliche, die den flüchtigen Ruhm genossen. Und immer konzentrierte Madeline Shipley sich mit einfühlsamen, gründlichen Fragen sehr zurückgenommen auf das Persönliche. Es war schon erstaunlich, wie sie die Leute zu Aussagen über sich selbst ermutigen konnte, ganz offensichtlich ohne List und Tücke.

Mich nicht, dachte Carol, während sie ihren Jogginganzug auszog. An mich wirst du nicht herankommen.

Madeline Shipley schüttelte ihr kurz und fest die Hand. „Kommissarin Ashton. Wie nett, daß Sie sich die Zeit genommen haben, mich zu besuchen."

„Das ist ja wohl meine Pflicht, da Sie vermutlich wertvolle Hinweise für uns haben?"

Madeline Shipley amüsierte sich über Carols ironischen Unterton. „Sie sind doch nicht etwa vor mir auf der Hut, Kommissarin... oder darf ich Sie Carol nennen?"

Carol antwortete trocken: „Aber ich bitte darum. Soll ich dann Madeline zu Ihnen sagen?"

„Ja, bitte."

Belustigt, doch wachsam nahm Carol Platz. Madeline Shipleys Büro war groß und luxuriös eingerichtet, wie es einem Star ihres Kalibers zustand, zweifellos luxuriöser als das des Personaldirektors, der sie engagiert hatte. Es war in Beige und Blau gehalten, ein Innenarchitekt mit Geschmack hatte es mit dikkem dunkelblauen Florteppich auslegen lassen, eine gediegene dunkelblaue Ledergarnitur mit Sofas und Sesseln in salopp intimem Kreis angeordnet, ein stilvolles Ölgemälde an die hellbeige tapezierte Wand gehängt. Eine Wand aus Glas ging auf einen Hof voller Grünpflanzen hinaus und einen kleinen klassischen Brunnen mit kräftiger Fontäne.

Während Madeline Kaffee bestellte, versuchte Carol eine nüchterne Einschätzung. In Wirklichkeit war Madeline noch attraktiver als auf dem Bildschirm. Sie trug ein exzellent geschnittenes hellgraues Kostüm von betonter Lässigkeit und keinen Schmuck. Sie war zierlich und reichte Carol kaum bis zur Schulter. Ihr langes kupferrotes Haar schimmerte seidig, ihre großen grauen Augen, von obligatorisch langen Wimpern umrahmt, waren voller Schalk, ihr Mund lächelte gern. Carol gelang es nicht, sich mit Abneigung zu wappnen.

Das ist ihre besondere Begabung, dachte Carol, sie will mich entwaffnen, indem sie mir das Gefühl gibt, ich sei im Moment die einzig wichtige und faszinierendste Person für sie.

Sie hatte genug Zeit mit Höflichkeiten verschwendet. Carol fragte: „Wann haben Sie diesen Anruf erhalten, und weshalb glauben Sie, daß es sich nicht nur um irgendeinen Spinner handelt?“

„Gestern abend nach der Sendung. Und es kam mir nicht so vor, als sei es der Anruf eines Spinners. Glauben Sie mir, ich kenne mich aus.“

Carol zog eine Braue hoch. „Ich nehme an, daß viele Verrückte bei Ihnen anrufen. Warum beantworten Sie diese Anrufe selbst?“

„Im allgemeinen tu ich das nicht. Natürlich haben Sie recht, Leute in meinem Beruf werden von Zeit zu Zeit von ein paar Irren belästigt. Aus diesem Grund notiert meine Assistentin sämtliche Anrufe, die eingehen. Gestern abend, direkt nach der Sendung um halb acht, nahm Helen den Anruf eines Mannes entgegen. Sie war der Meinung, ich sollte mit ihm reden, also tat ich es.“

„Ich werde mich auch mit Ihrer Assistentin unterhalten müssen.“ Wenn der Anruf von Bedeutung war, wollte sie möglichst viele Einschätzungen hinsichtlich Alters, Nationalität und sprachlicher Charakteristika. „Und was ist mit der Telefonzentrale des Senders? Ich weiß, daß sie Anrufe notiert. Könnte es sein, daß eine Telefonistin sich speziell an diesen Anruf erinnert?“

„Das bezweifle ich. Nach jeder Sendung bekommen wir

eine Menge Anrufe, besonders wenn sie kontrovers war. Ich werde Helen nachprüfen lassen, wer gestern abend Dienst hatte, und versuchen, eine Kopie der verzeichneten Anrufe zu bekommen. Bei der Gelegenheit können Sie Helen gleich selbst sprechen."

Carol sah zu, wie sie den Hörer abnahm und ihre Anweisungen gab. War es tatsächlich möglich, daß sie so nett war, wie sie aussah? Es wäre viel einfacher gewesen, zynisch zu sein und den Charme für aufgetragen zu halten. Doch Madeline vermittelte eine Ernsthaftigkeit, die so gar nicht zu Carols allgemeiner Meinung über Fernsehstars paßte: von Berufs wegen nett, aber im Grunde eher oberflächlich.

Madeline legte auf und sagte lächelnd zu Carol: „Wissen Sie, Carol, ich freue mich sehr, daß ich Sie kennenlerne. Wie Sie mit meinen Kollegen umgehen, habe ich oft bewundert. Vielleicht sollten Sie mal darüber nachdenken, zum Fernsehen zu wechseln – wie ein stringentes Interview geführt wird, müssen Sie jedenfalls nicht erst lernen."

„Das geht mir runter wie Honig", antwortete Carol mit unüberhörbarem Spott.

Madeline feixte: „Sie glauben, ich schmeichle Ihnen, damit ich Sie in meine Sendung kriege?"

„Tun Sie das?"

„Nicht unbedingt. Aber wenn..."

„Im Augenblick muß ich alles über diesen Anruf wissen. Hatten Sie das Gefühl, Sie hätten diese Stimme schon mal gehört?"

„Schwer zu sagen. Nicht alle Stimmen sind charakteristisch, jedenfalls hatte ich den Eindruck, als spreche er mit besonders breitem australischem Akzent. Ich glaube nicht, daß er normalerweise so redet."

„Werden die eingehenden Anrufe mitgeschnitten?"

„Wohl kaum, weil das ja nicht ganz legal ist. Allerdings muß ich zugeben, daß wir manchmal Ausnahmen machen, wenn es sich um spezielle Drohungen handelt. Im Prinzip versuchen wir, falls jemand ausfallend wird oder uns merkwürdig vorkommt, Namen und Adresse herauszukriegen. Natürlich wollen gerade solche Leute anonym bleiben. Ein paarmal haben wir mit Fangschaltungen gearbeitet, als wiederholt Drohungen eingingen, doch das waren immer nur unglückliche Leute, die sich am Telefon ausagiert haben."

Es klopfte kurz an die Tür. Eine junge Frau trat ein, sie machte einen energischen, beflissenen Eindruck.

„Ich bin Helen Tolsten, Madelines persönliche Assistentin", sagte sie, jeder Vorstellung zuvorkommend. „Hier ist die gewünschte Kopie der Aufzeichnung aller Anrufe von gestern abend, aber ich glaube kaum, daß Sie damit viel anfangen können." Sie reichte Carol die Liste und fügte hinzu: „Ich habe ein Gedächtnisprotokoll dieses Anrufs beigelegt – so gut ich mich daran erinnern kann."

Während Carol solche Effizienz noch verdauen mußte, sagte Helen zu Madeline: „Sie haben um elf einen Termin. Ich habe Ihnen ein paar Hintergrundinformationen zusammengestellt." Sie redete kurz und bündig, als wolle sie es so rasch wie möglich hinter sich bringen.

„Ich möchte Ihnen ein paar Fragen stellen", sagte Carol.

Madeline beobachtete mit kaum merklichem Lächeln, wie Helen Tolsten sich abrupt hinsetzte, sich voll auf Carol konzentrierte und wartete. Amüsiert musterte Carol sie einen Augenblick. Helen war ein wenig gedrungen, höchst elegant gekleidet und vermittelte den Eindruck beherrschter Ungeduld. Sie hatte kurzes braunes Haar, eine eher schlichte Frisur, dunkle, offene Augen, nur einen Hauch von Make-up, trug keinen Schmuck außer einer Uhr mit großem Ziffernblatt. Obwohl sie sich nicht rührte, sah sie aus, als sei sie auf dem Sprung.

Carol sagte: „Ich vermute, daß nach der Sendung häufig Anrufe kommen und daß im allgemeinen Sie die Anrufe annehmen. Warum haben Sie diesen zu Madeline durchgestellt?"

Ohne Umschweife antwortete Helen: „Klang ernstgemeint.

Ich war sicher, Madeline würde selbst mit ihm reden wollen."

„Können Sie Alter und Nationalität einschätzen?"

Helen überlegte nicht lange. „Alter? Schwer zu sagen. Nicht so alt. Ende zwanzig, Anfang dreißig. Und er war Australier. Mit Sicherheit."

„Er hat nicht bloß so getan, als sei er Australier?"

„Nein."

Carol hob fragend die Augenbraue. „Wie können Sie so sicher sein? Ein Schauspieler könnte den Akzent annehmen."

Helen zuckte die Achseln, offenbar nicht bereit, ihre Zeit mit einer Diskussion über das, was für sie feststand, zu vergeuden.

Carol merkte, daß sie auf Helens Stakkato reagierte, indem sie bewußt langsam sprach. „Erzählen Sie mir etwas über seine Stimme. Hatte sie irgendwas Charakteristisches im Tonfall oder Sprachgebrauch?"

„Er war Australier", beharrte Helen, „aber er sprach übertrieben, sicherlich breiter als normal. Was anderes ist mir nicht aufgefallen."

„Hatten Sie das Gefühl, daß er nervös war? Wütend?"

Auf diese Frage war Helen offensichtlich nicht gefaßt; sie schwieg eine Weile, ehe sie antwortete: „Er war selbstbewußt, selbstsicher. Deshalb war ich ja überzeugt, daß Madeline selbst mit ihm reden sollte."

Carol reichte ihr das Gedächtnisprotokoll, damit sie es vorlas. Es war ein kurzes Gespräch, und Helen verlas es in atemberaubendem Tempo, dann blickte sie Carol an, als hätte sie nun genug Zeit verplempert und Besseres zu tun.

Carol sagte: „Ich nehme an, daß Sie letzten Mai mit Sally-Jean Cross über ihren Auftritt in der Sendung gesprochen haben?"

Zum erstenmal rutschte Helen unbehaglich in ihrem Sessel. „Ich mache alle vorbereitende Arbeit, bevor Madeline sich einklinkt. Es war noch im Vorbereitungsstadium, als sie..."

„Von jemand umgebracht wurde, mit dem Sie sehr wohl gestern abend gesprochen haben können."

Ein schwer definierbarer Ausdruck huschte über Helens Gesicht, aber sie sagte nichts weiter.

„Und diese vorbereitende Arbeit fand statt, nachdem Ms. Cross das Ende ihrer Beziehung zu Wilbur Shearing in der Öffentlichkeit breitgetreten hatte – zu Shearing, dem zufällig dieser Sender gehört?"

Madeline griff ein: „Carol, ich habe völlige Handlungsfreiheit in meiner Sendung. Die Tatsache, daß Sally-Jean etwas Peinliches über Wilbur Shearing hätte auspacken können, war sekundär, Hauptsache, sie war für mein Publikum interessant, und ganz offen gesagt, sie hatte damals einen hohen Unterhaltungswert."

Carol stellte Helen noch ein paar Fragen, dann ließ sie sie gehen. Kaum hatte sie die Tür hinter sich geschlossen, sagte Madeline schmunzelnd: „Ich versuche auch ständig, sie zu drosseln, aber ich schätze, das bringt nichts. Helen tut alles mit enervierender Geschwindigkeit – aber sie ist effizient und loyal. Ohne sie wäre ich aufgeschmissen."

„Ist sie schon lange bei Ihnen?"

„Helen? Von Anfang an." Selbstironisch fügte sie hinzu: „Und lange bevor mein Name in jedem Haushalt bekannt war."

Sie reichte Carol eine Videokassette. „Manchmal kann ich auch so effizient sein wie Helen. Dies ist ein Mitschnitt meiner gestrigen Sendung... Ich weiß nicht, ob Sie sie gesehen haben..." Carol schüttelte den Kopf. „Eine Diskussion mit einem Kriminalpsychologen über die Psyche eines Serienmörders. Ich dachte, Sie würden sie sehen wollen, weil sie diesen Anruf ausgelöst hat."

„Wissen Sie noch, was der Anrufer zu Ihnen gesagt hat?"

„So ziemlich, wenn auch nicht wörtlich. Aber ich hoffe, Sie sind beeindruckt, Carol, wenn ich Ihnen sage, daß ich mir bei allen Anrufen Notizen mache."

Einen Augenblick irritiert über die Art, wie sie „Carol" gesagt hatte, was zweifellos den Eindruck von Aufrichtigkeit und Freundschaft vertiefen sollte, entgegnete Carol knapp: „Selbstredend bin ich beeindruckt. Was also können Sie mir anhand Ihrer Notizen sagen?"

Madeline lächelte Sie an. „Wäre es Ihnen angenehmer, wenn ich Sie Kommissarin nenne statt Carol?"

Ihr leiser Spott versetzte Carol einen Stich. Sie überging die Frage und sagte: „Bitte, versuchen Sie, das Gespräch ganz genau zu erinnern."

Sie beobachtete Madeline, die sich auf ihre Notizen konzentrierte, einige Worte schrieb und darüber nachdachte. Madeline bemerkte ihren Blick und grinste. „Da kriegt ja mein Stolz einen Knacks. Helens Protokoll ist mit Sicherheit total akkurat, aber ich muß gestehen, ich habe Probleme."

„Probieren Sie's an mir aus."

„Mit vollem Pathos?"

Carol mußte lachen. „Nicht beim ersten Versuch."

Madeline sah aufs Papier und las: „Sind Sie Madeline Shipley? (Ich antwortete ja.) Sie sind wirklich Madeline Shipley? Wie kann ich da sicher sein? Sagen Sie etwas zu mir. (Ich sagte, was soll ich Ihnen sagen?) Gut, das reicht. Ich erkenne Ihre Stimme. Sie glauben, daß Sie Macht haben, stimmt's? Aber Sie haben auch eine Verantwortung. Warum haben Sie diesen Doktor in Ihre Sendung geholt? Glauben Sie, der wüßte vielleicht, warum sie sterben mußten? Der nicht. Sie auch nicht. Sie sind unfair, und Sie sind voreingenommen. (Ich fragte, inwiefern bin ich voreingenommen?) Ich bin nicht grausam. Ich will niemandem wehtun, aber sie zwingen mich dazu. (Ich fragte, behaupten Sie, daß Sie der gelbe Würger sind?) Ich behaupte es nicht. Ich bin's."

Madeline hielt inne und sah vom Papier auf. „Das ist ziemlich genau das, was er sagte. Dann fragte ich, wie ich sicher sein könne, daß er der gelbe Würger sei, und er antwortete: ‚Oh, ich bin's. Ich beweise es Ihnen. Erkundigen Sie sich bei der Polizei nach den Daumen. Haben Sie mich verstanden? Daumen. Ich rufe Sie wieder an, wenn Sie das getan haben.'"

„Daumen... Sind Sie ganz sicher, das war das Wort?"

„Absolut. Sagen Sie mir, warum er das gesagt hat? Was haben Daumen damit zu tun?“

Mark Bourke hatte den Reportern die Information vorenthalten, daß die Daumen und Zehen eines jeden Opfers mit einer gelben Kordel zusammengebunden waren, und sie tauchte auch im offiziellen Bericht nicht auf. Zwar war die Tatsache, daß die Füße zusammengebunden waren, schließlich durchgesickert, weil nicht alle, die mit dem Auffinden der nackten Leichen zu tun gehabt hatten, dichthielten, doch das Zusammenbinden der Hände war nicht erwähnt worden.

Carol war gegenüber der Presse immer äußerst zurückhaltend mit Informationen, wie sehr man sie auch hofierte. Sie sagte: „Die Daumen, falls das wirklich das Wort ist, das er sagte, sind vielleicht gar nicht wichtig.“

Madeline lächelte sie an. „Also muß ich wohl selbst herausfinden, wieso Daumen wichtig sind, ja?“

„Ich wäre Ihnen dankbar, wenn Sie sie überhaupt nicht mehr erwähnen würden. Haben Sie nach dem Anruf irgendwem gegenüber das Wort Daumen erwähnt?“

„Ich nehme an. Es war derart merkwürdig, daß mir nicht bewußt war, daß es sich momentan um ein Staatsgeheimnis handelt.“

„Offen und ehrlich“, sagte Carol anerkennend. „War das das letzte, was er zu Ihnen gesagt hat?“

„So ziemlich. Er war unwahrscheinlich höflich, falls er der Mörder war. Er sagte äußerst korrekt auf Wiedersehen.“

„Ich habe schon einige Mörder mit tadellosen Manieren erlebt.“

Madeline strahlte sie an: „Was für Aussichten. Carol, Sie müssen unbedingt in meine Sendung kommen.“

4

Ohne sich vom Gewusel ringsum stören zu lassen, lehnte Sybil an der niedrigen Mauer des sandigen Vorgartens und studierte den Plan des zehnten Drehtags. Wie immer stand oben *Tod in Australien*, darunter Namen und Telefonnummern des nächsten Krankenhauses, der Feuerwehr, des Notarztes und Polizeireviers, dann folgten mit Zeit- und Ortsangabe die Aufrufe für Maske, Garderobe, Drehteam, danach ein detailliertes Raster mit numerierter Einstellungsfolge und voraussichtlicher Drehdauer, Ausstattung und wann und wo sich welche Schauspieler und Schauspielerinnen einzufinden hatten.

Für Sybil galt der Teamaufruf, dann mußte sie sich um ihre Schützlinge kümmern und sie während der Drehpausen unterrichten. Ihre kurze Erfahrung beim Film hatte sie gelehrt, daß Drehpläne die Termine und Szenendauer bekanntermaßen optimistisch einschätzten, so daß es ihr fast unmöglich war, einen realistischen Stundenplan für sich und ihre Schüler zu erstellen.

Sie blätterte weiter zur nächsten Seite, auf der sämtliche Requisiten verzeichnet waren, der Transport von Schauspielern und Schauspielerinnen (je nach Status – der Hauptdarsteller zum Beispiel hatte natürlich eine Limousine mit Chauffeur), Parkplätze, benötigte Zusatzausrüstung und der Punkt, der nie unbeachtet blieb: wann und wo die Mahlzeiten bereitstanden.

Dabei fiel ihr ein, daß Alice Fleming an ihrem ersten Tag im Team gesagt hatte: „Nur ein wohlgenährtes Team ist ein gutgelauntes Team. Merken Sie sich das, meine Liebe! Ist die Verpflegung gut, spurt die Truppe. Wenn nicht..." Sie drehte die Augen himmelwärts als Andeutung der fatalen Folgen.

Während Sybil mit vager Skepsis im Drehplan las, unterbrach sie eine Stimme: „Haben Sie sich gestern das Material angesehen?"

Luke West grinste sie verschwörerisch an. Vor zwei Tagen war eine Massenszene gedreht worden, und er hatte ihr zugeredet, dabei mitzuwirken, dann könne sie sich schließlich auch mal im Kino sehen, sofern sie das Glück hätte, nicht rausgeschnitten zu werden.

Am Ende eines jeden Drehtags wurde eine Schnellkopie des gesamten Filmmaterials vom Vortag dem Regisseur und den Kameraleuten vorgeführt, und alle aus dem Team konnten im Studio von Darlinghurst zuschauen. Ein paarmal hatte sie sich mit der Truppe in den Vorführraum gequetscht und fasziniert mitangesehen, wie eine Szene, die sie beim Drehen miterlebt hatte, dann tatsächlich auf der Leinwand wirkte. Die meisten wurden nicht nur mehrere Male gedreht, sondern auch aus verschiedenen Winkeln und mit unterschiedlichen Einstellungen.

Die Vorführungen interessierten sie zwar, doch wenn die Möglichkeit bestand, daß Carol nach Hause kam, ließ sie sich die gern entgehen. „Ich habe die Vorführung gestern nicht gesehen. War ich wirklich auf der Leinwand?"

Luke tätschelte ihre Schulter. „Ach, Sie sind ein Naturtalent, Syb. Sie überstrahlen alles. Und obendrein gut ausgeleuchtet."

Sie mußte grinsen. Luke war der Beleuchter. Sie redete bereits Filmjargon, Wörter wie Beleuchter, Drehplan, Raster, Mann mit der Klappe und Galgenschwinger kamen ihr inzwischen mühelos über die Lippen.

Luke war ungefähr so groß wie sie, vom Körperbau eher zierlich, mit leicht schütterem hellblonden Haar und behenden, graziösen Bewegungen. Er war stets freundlich, und seine lakonische, umgängliche Art, so offenbar ohne jeden Starrsinn in irgendeinem Punkt, machte es jedem noch so entschlossenen Gegner schwer. Zusammen mit seinem Assistenten Mick konnte er sich stundenlang mit Kameramann und Regisseur in eine Diskussion vertiefen, wie und wo Schatten, volles Licht oder Hintergrundausleuchtung zu setzen seien.

Bevor sie zum Team kam, hatte sie nicht gewußt, daß Außenaufnahmen oft mit künstlichem Licht gedreht wurden, mal mit Flutlicht, mal mit Handscheinwerfern aus dem Blickwinkel der Kamera. Mittlerweile achtete sie genau auf das Zusammenspiel von Licht und Schatten und hatte regelrecht ein Auge dafür entwickelt.

Luke lehnte sich neben sie an die Mauer und sagte leutselig: „Hoffentlich kommt Vic zur nächsten Einstellung, bevor sich das Licht wieder ändert."

Laut Drehbuch schien die momentane Szene relativ einfach. Die beiden Jugendlichen, Kirra und Malcolm, sollten in Glebe aus einem kleinen schmucklosen Haus in einen brachliegenden Vorgarten treten, sich an den Zaun lehnen und auf der Straße einen finsteren Kerl bemerken – gespielt von einem bekannten australischen Schauspieler, der sich ganz und gar auf die Rolle des Bösewichts spezialisiert hatte. Bei seinem Anblick sollten die beiden unterschiedlich reagieren – Kirra erschrokken, Malcolm aggressiv und aufmüpfig.

Sybil dachte, wäre sie die Regisseurin, könnte sie die ganze Szene in ein paar Minuten abdrehen, doch Vic Carbond, ein äußerst akribischer Typ, nörgelte jetzt mit seiner unangenehm näselnden Stimme, daß die Brillenränder Schatten auf das Gesicht des Darstellers warfen und ihm die Nahaufnahme versauten.

Als Regisseur wurde Vic Carbond vom Team respektiert, und seine Anweisungen wurden umgehend befolgt. Aber Sybil hatte munkeln gehört, wie schwierig es sei, mit ihm zusammenzuarbeiten, und Alice Fleming hatte sich fast beleidigend über sein Privatleben und seine berufliche Karriere geäußert. („Er hat's gern etwas gewalttätig, wissen Sie, mit Fesseln und Peitschen und so. Wie es heißt, sollen einige Leute dabei verletzt worden sein... Und natürlich haben Sie schon von seinen obszönen Videos und Filmen gehört...")

Sybil betrachtete sein düsteres, unzufriedenes Gesicht, sein glattes, fettiges Haar und fragte sich, wer um alles in der Welt wohl persönlich mit ihm zu tun haben wollte.

Typischerweise war Luke durch Vics irritierende Nörgeleien nicht aus der Ruhe zu bringen und experimentierte geduldig mit Scheinwerfern und Spiegeln, bis die ärgerlichen Schatten beseitigt waren. Vics Pingeligkeit bedeutete, daß ständig das Licht umgebaut werden mußte, da die Sonne unerbittlich wanderte und sich der Einfallswinkel des Lichts veränderte.

Sybil sollte abseits warten, um ihre Schützlinge nach der Szene in Empfang zu nehmen, doch das Drehen dauerte und dauerte. Auf dem Drehplan war die zweite Szene des heutigen Tages mit dreißig Sekunden Filmlänge angegeben, inzwischen war eine Stunde mit dem Einrichten vergangen, eine weitere verging mit dem Versuch, sie zur restlosen Zufriedenheit des Regisseurs in den Kasten zu bringen. Der Mann mit der Klappe wechselte die Takenummer auf der Klappe, der Tonassistent richtete das Mikrophon aus, der Tonmann rief: „Ton läuft!" Eine neue Einstellung begann.

„Schnitt!" brüllte Amy, die Regieassistentin, auf das dumpfe Kommando von Vic Carbond, der säuerlich und resigniert auf seine Uhr blickte. „Lunch", sagte er ohne jede Begeisterung.

„Lunch!" wiederholte Amy folgsam. Sie war eine kleine, ziemlich gedrungene Frau mit breitem Grinsen und knallroter Mähne in modisch verwaschenem Overall. Durch ihre breite Zahnlücke zwischen den Schneidezähnen zischten manche ihrer Kommandos so schön.

„Ich kümmere mich schon um die Kinder", sagte sie zu Sybil. „Vic möchte, daß ich sie beim Lunch auf ihre nächste Szene vorbereite. Okay?"

Sybil schloß sich den Leuten an, die zum Bufett neben dem riesigen Kantinenwagen strömten, der mit der üblichen Mißachtung der Behörden ziemlich verwegen geparkt war. Massy und Bruce, das Versorgungsteam, standen stolzgeschwellt hinter ihren kulinarischen Köstlichkeiten. Zu den Hauptmahlzeiten wurde eine reichliche Menge warmes Essen aufgetischt, verschiedene Sorten Fleisch und eine große Auswahl an Gemüsen und Salaten. Es gab grundsätzlich Nachtisch. Sybil konnte kaum begreifen, wieso nicht sämtliche Leute in der Filmbranche massives Übergewicht hatten.

Als Sybil sich mit ihrem Tablett anstellte, stieß Alice Fleming sie in die Rippen: „Syb, sehen Sie mal, da ist Wilbur Shearing. Vic sollte sich vorsehen... Er hat seine Investitionen gern unter strikter Kontrolle."

Alice zeigte auf eine kleine mächtige Gestalt in schwarzem Anzug, die von allen sofort erkannt wurde, denn Shearings Publicity funktionierte bestens. Er erschien nicht nur im eigenen Fernsehsender und in seiner Zeitung, sondern hatte seine Finger auch in anderen Medien.

„Man sagt", sprudelte Alice, „er sei über ihren Tod nicht hinweggekommen, ich meine diese Freundin von ihm, Sally-Jean."

„Quatsch", sagte Luke, der hinter ihnen in der Schlange stand. „Shearing hatte sie längst fallenlassen, als sie umgebracht wurde."

Verächtlich reagierte Alice auf seinen Widerspruch: „Du plapperst bloß nach, was du gehört hast. Ich habe sie persönlich gekannt. Und ich kann dir versichern, daß alles ganz anders war, als es den Anschein hatte."

Da Luke keine Neigung zeigte, auf ihre Bemerkung einzugehen, nickte sie zufrieden und wandte sich dem Essen zu. Ihr Appetit auf Essen war ebenso groß wie auf Klatsch. Sie schaufelte sich eine ordentliche Portion auf den Teller und sagte dabei: „Wissen Sie, er hat's schon wieder getan – der gelbe Würger! Heute morgen stand in der Zeitung, daß er sich womöglich als Frau verkleidet und sie so in die Todesfalle lockt!" Bevor die beiden antworten konnten, fuhr sie fort und überschlug sich förmlich: „Ist es nicht schrecklich, die Frauen auf diese Weise umzubringen? Was meinen Sie, warum tut er das?"

Achselzuckend sagte Luke: „Vermutlich ist er ein Psycho."

Sybil antwortete zur eigenen Verwunderung: „Woher wissen Sie, daß es ein Mann ist? Von Vergewaltigung war keine Rede."

Beide sahen sie erstaunt an. Alice hielt sogar in ihrem Schaufeln inne und erwiderte verächtlich: „Natürlich ist es ein Mann, meine Liebe. Frauen laufen nicht rum und tun solche Sachen."

Luke frage stirnrunzelnd: „Warum sollte denn eine Frau eine Reihe von Frauen umbringen?"

„Und warum ein Mann?" entgegnete Sybil.

Alice höhnte: „Warum ein Mann? Also wirklich, Syb, das wissen Sie selbst. Ich wette, er ist ein mieser kleiner Scheißer, der nicht in der Lage ist, sich eine Freundin zu angeln. Es ist Rache. Typisch Mann, es an einer Frau auszulassen. Das tun sie ja alle, auf die eine oder andere Weise."

Luke hatte seinen Humor wiedergefunden. „Seid doch nicht so hart zu uns Männern", sagte er lachend und legte Alice den Arm um die Taille.

„Ihr seid alle gleich", stichelte Alice leichthin, aber Sybil spürte daß sie die Bemerkung ernst meinte.

Sie beobachtete, wie Luke und Alice sich wie gewohnt amüsiert kabbelten, und dachte, daß Alice nichts Geheimnisvolles an sich hatte, man wußte genau, woran man war. Eine Schwätzerin, oberflächlich, aber sehr unterhaltsam. Mit Luke war es womöglich anders. Sie fragte sich, was sich hinter seinem amüsanten, umgänglichen Äußeren verbarg. Sie grinste in sich hinein. Vielleicht ein amüsantes, umgängliches Innenleben.

Alice Fleming hatte Sybil gleich in den ersten Tagen anvertraut, was sie von Luke West hielt. „Hat ein bißchen was Tuntiges, meine Liebe. Vielleicht, weil er in einem reinen Frauenhaushalt aufgewachsen ist. Nicht ganz natürlich... schon gar nicht für einen kleinen Jungen. Er ist nicht verheiratet, wird er wohl auch nie. Ein bißchen ein Einzelgänger, aber es ist furchtbar nett, mit ihm zu reden. Allerdings würde ich keine Hoffnung an ihn hängen. Einer wie Ihnen hat er nicht viel zu bieten."

Charlie Date unterbrach ihre Gedanken, er verzog die

schnauzbärtigen Lippen zu einem gewinnenden Lächeln. Sie fand seine Freundlichkeit sehr viel anstrengender als seine mürrische Art zuvor und fragte kurzangebunden: „Ja?"

„Amy sagt, sie braucht die Kinder in den nächsten zwei Stunden, somit haben Sie eine Verschnaufpause. Hab' mir gedacht, daß Sie vielleicht mitkommen wollen... Ich sehe mich am nächsten Drehort um..."

„Tut mir leid", entgegnete sie, „aber ich muß den nächsten Unterricht vorbereiten."

„Klar doch", antwortete er ausdruckslos.

Sie sah ihm nach, als er sich seinen Weg durch das Gedränge am Bufett bahnte, und versuchte, ihn sich als Vater mit Kindern vorzustellen, aber irgendwie paßte diese Rolle nicht zu ihm. Er machte eher einen isolierten Eindruck, eine Figur, die mit der übrigen Welt irgendwie nicht in Einklang stand.

Bourke war wie immer wie aus dem Ei gepellt. Er trug am liebsten Beige- und Brauntöne, und als er in Carols Büro trat, stellte sie sich die müßige Frage, ob ihm wohl mal jemand gesagt hatte, daß dies genau seine Farben seien. Heute erschien er in einem graubraunen Anzug, wie immer im weißen Hemd mit gedeckter Krawatte. Ihr wurde bewußt, daß sein Äußeres nicht zu seiner Art paßte. Er kleidete sich höchst konservativ, doch seine Umgangsweise war lässig, sein Humor unverkrampft, und er war einer der wenigen Leute in ihrem Arbeitszusammenhang, der sie ungestraft sticheln durfte.

Er packte ihr etliche Mappen auf den Tisch. „Deine Befehle, wie immer, bis aufs I-Tüpfelchen ausgeführt, auch wenn mir eine eigenartige, aber natürlich nicht laut geäußerte Beschwerde über unsere Forderungen zu Ohren gekommen ist. Jedenfalls ist hier das Zeug über Alissa Harvey."

Auf ihre Geste hin setzte er sich und fügte hinzu: „Und ich habe zwei Techniker darauf angesetzt, die Gespräche für Madeline Shipley im Sender zu überwachen. Bis zur Sendung heute abend sollte das klappen. Ich habe ihnen gesagt, sie sollen ihr klarmachen, daß sie ihn so lange wie möglich an der Strippe hält."

Carol lehnte sich zurück und seufzte. „Kann sein, daß der Anruf nicht weiterführt. Auch wenn die Erwähnung der Daumen vielversprechend klingt, weißt du so gut wie ich, daß irgend jemand möglicherweise nicht dichtgehalten hat. Und selbst wenn er es sein sollte, ist er vielleicht viel zu schlau, ein zweites Mal anzurufen, oder wenn er es tut, hält er das Gespräch womöglich so kurz, daß wir es gar nicht verfolgen können."

„Dann gibt's immerhin eine Stimmenanalyse."

„Na toll, besonders wenn wir gar keinen Verdächtigen haben, mit dessen Stimme wir sie vergleichen können."

Bourke zog die Brauen hoch. „Wilbur Shearing?" fragte er.

Carol nickte. „Sicher, den Versuch ist es wert, falls wir je eine Stimmenaufzeichnung bekommen. Beide, Madeline Shipley und ihre Assistentin Helen, haben ausgesagt, daß er mit übertriebenem australischen Akzent gesprochen hat, als ob er seine normale Sprechweise verstellen wollte."

Bourke blickte zufrieden drein. „Shearing ist in England zur Schule gegangen, war in Oxford und so weiter." Dann fügte er spöttisch hinzu: „Er klingt kaum wie ein Australier, er spricht so gewählt."

Carol zog eine Grimasse. „Du bist ja ganz versessen darauf, Wilbur Shearing festzunageln, weil du niemanden sonst hast. Er hat Alibis, Mark. Er scheint sauber zu sein."

„Ich mag ihn nicht. Er ist ein arrogantes Arschloch." Bourke grinste. „Nicht daß mich das beeinflussen würde, Carol. Außerdem ist er nach psychologischem Profil womöglich ein bißchen zu alt – Psychopathen, so wird uns versichert, begehen ihre spektakulärsten Verbrechen für gewöhnlich in ziemlich jungen Jahren. Unser Wilbur ist Mitte Fünfzig oder so. Im übrigen, um dem Mann gegenüber fair zu sein, hat er zwei Frauen abgefunden und sich von zahllosen Freundinnen getrennt, ganz offensichtlich ohne den überwältigenden Impuls, sie sich durch Mord vom Hals zu schaffen – jedenfalls bisher."

Carol spielte mit ihrem goldenen Füller, den Sybil ihr geschenkt hatte. „Unser alter Gerichtspsychologe hat wohl wieder mal gesprochen."

„Du sagst es. Das übliche Zeug, sämtliche Zeitungen haben sich mit Begeisterung draufgestürzt, schließlich sieht er aus wie ein gutgelaunter Sigmund Freud und klingt immer, als wüßte er, wovon er redet."

„Zweifelst du etwa daran?"

„Nicht unbedingt, aber er ignoriert die unbequeme Tatsache, daß manche Serienmörder sich einfach weigern, in sein stereotypes Bild von ihnen zu passen. Jedenfalls sagte er mit seiner üblichen väterlichen Autorität, bei dem gelben Würger handle es sich um einen relativ jungen Mann mit lebenslanger Persönlichkeitsstörung, ohne Rechts- oder Unrechtsbewußtsein. Der gute Doktor schließt aus der Art, wie die Leichen drapiert sind, daß er in einer streng religiösen Familie aufgewachsen ist. Daß er Frauen vielleicht haßt und fürchtet, dies aber womöglich in seinem alltäglichen Umgang nicht zu merken ist. Daß man ihm vielleicht unsoziales Verhalten nachsagt, er aber mit einiger Sicherheit der Welt ein oberflächlich charmantes und akzeptables Bild präsentiert. Und so weiter, du kennst das ja. Und es hilft uns nicht sonderlich. Vielleicht überdurchschnittlich intelligent, vielleicht sagt man ihm Grausamkeit gegen Tiere nach, andererseits kommt er womöglich mit Tieren besser zurecht als mit Menschen. Werden solche Menschen gefaßt, diagnostiziert man sie im allgemeinen als Psychopathen oder – heutzutage – moderner als Soziopathen. Sie sind von Grund auf gestört, gewalttätig und gefährlich, aber nach außen bieten sie eine attraktive menschliche Verpackung."

„Menschliche Verpackung?" fragte Carol. „Mark, mit solcher Kreativität bist du bei der Polizei absolut fehl am Platz."

Er lächelte. „Und außerdem bin ich nicht sexistisch. Hast du schon daran gedacht, daß sich unter der menschlichen Verpackung eine Frau verbergen könnte?"

„Das ist nicht sehr wahrscheinlich, es ist... nicht bei diesem Modus operandi und den weiblichen Opfern, dennoch wäre es dumm, es ganz auszuschließen."

„Teamwork? Denk nur an den Fall Ian Bradley und Myra Hindley. Was hältst du von dem Gedanken, daß ein Mann und eine Frau zusammenarbeiten?"

„Bei einer derartigen Kombination gibt es fast immer eine sadistische sexuelle Perversion als verbindendes Motiv. Die Morde, mit denen wir es hier zu tun haben, bieten das Bild ritueller Opfer ohne irgendwelche sexuellen Übergriffe."

Bourke zuckte die Achseln. „Vielleicht impotent, oder ein sexueller Trieb wird in religiöse Phantasie sublimiert... wie wär's, wenn wir Schwarze Messen und Teufelskulte aufs Korn nehmen? Hast du heute morgen die Zeitung gelesen? Da gab's einen Artikel über eine Spinnerin, die glaubt, sie habe bei einer Séance die Opfer gerufen. Wie sie schwört, haben die ihr mitgeteilt, daß Teufelsanbeter sie umgebracht hätten."

„Na toll", sagte Carol. „Mich wundert, daß noch niemand mit der Theorie gekommen ist, ASIO oder die CIA hätten damit zu tun."

„Abwarten, Carol, abwarten. Sie kommen schon noch drauf."

„Wie ich dich kenne, Mark, hast du eine Vorstellung von der Person, die wir suchen."

„Klar doch. Ich bin sicher, daß er ein Mann ist und allein arbeitet. Über sein Alter bin ich mir unschlüssig, aber ganz jung ist er nicht. Er ist kein Vergewaltiger, und wenn er was auf dem Kerbholz hat, sind es eher kleine Anstößigkeiten. Er ist nicht dumm. Mittlerweile gefällt ihm seine Berühmtheit, und er glaubt, er hat uns auf der Rolle. Er hegt einen Groll auf Frauen im allgemeinen oder vielleicht auf spezielle Frauen, die ihn in Rage bringen. Selbstredend ist er ein Psychopath, zumindest in gewisser Hinsicht. Wahrscheinlich lebt er allein und hat, wenn überhaupt, nur wenige wirkliche Freunde, obwohl er vielleicht viele Bekannte hat, die alle sagen, wenn wir ihn fassen: ‚Das kann doch nicht wahr sein! Er ist so ein netter Kerl!'"

„Er muß nicht unbedingt allein leben, Mark. Denk nur an den Yorkshire Ripper, der war verheiratet, und seine Frau hegte nicht den leisesten Verdacht."

„Ob allein oder nicht, jedenfalls spielt er die Rolle, die er sich ausgesucht hat, sehr überzeugend. Vielleicht hat er's mit Segeln oder Wassersport. Er ist ordentlich und systematisch. Er kennt sich in Sydney aus, wenn auch vielleicht nicht so gut in den westlichen Bezirken. Nach meinem Gefühl ist er in einer religiösen Familie aufgewachsen, in der womöglich die Mutter dominierte... Nun runzle nicht gleich die Stirn, Carol, ich habe nichts gegen matriarchale Erziehung."

Sie machte eine Handbewegung, und er fuhr fort:

„Es ist ziemlich offensichtlich, daß er seine Opfer ohne große Mühe überredet, mit ihm zu kommen – sie gehen ahnungslos in den Tod. Das läßt darauf schließen, daß er sie nicht bedroht oder sich so merkwürdig verhält, daß sie Verdacht schöpfen. Ich würde drauf wetten, daß er ganz angenehm und umgänglich ist. Er betäubt sie nicht mit Alkohol oder Drogen, sondern überwältigt sie ganz plötzlich von hinten. Er ist einigermaßen stark, denn er trägt die starren Leichen woandershin, zieht sie aus und drapiert sie nach seiner Vorstellung. In diesem Punkt ist er ganz besessen."

Carol gab sich überhaupt keine Mühe, ihren Zweifel zu verbergen. „Wenn ich dich recht verstehe, glaubst du, diese Obsession rühre von einer matriarchalen, aber religiösen Erziehung?"

Grinsend antwortete Bourke: „Das ist meine Vorstellung, Carol, und danach hast du gefragt. Jedenfalls kannst du kaum abstreiten, daß er einen religiösen Tick hat."

Carol schrieb das Wort „gelb" hin, zog einen Kreis darum und listete damit assoziierte Wörter auf. Sie sagte: „Ich glaube, in gewisser Hinsicht sieht er diese Frauen als Opfer."

„An welchen Gott? Und welchen Sinn hat das Ritual?"

„Warum gelb?“ Carol starrte auf die Wörter: Frucht, Sonne, Gold, Messing, Ingwer, Bernstein.

Bourke seufzte. „Warum gelb? Das ist die Frage. Ich hatte schon die schlaue Idee, daß es vielleicht um eine buddhistische Sekte gehen könnte... irgendeinen östlichen Kult... Fehlanzeige. Dann haben wir eine Psychologin gefragt, wieso gelb von Bedeutung sein könnte. Sie drehte sich im Kreis und wir uns mit ihr. Ich war schon fast überzeugt, der Mörder betriebe Wortspiele mit uns und habe die gelbe Kordel wegen des Wortspiels Vergoldung – Vergeltung gewählt. Dann kam ich zu Verstand und verwarf das Ganze.“

„Vielleicht gefällt ihm ja einfach die Farbe.“

Bourke schaute mißmutig drein. „Vielleicht hatte er auch bloß einen Vorrat davon. Die Kordel hätte ebensogut lila, blau oder grün sein können, und dann säßen wir hier und würden statt dessen aus diesen Farben irgendeine Bedeutung ableiten.“

„Warum macht er es uns so einfach, die Leichen zu identifizieren, indem er die Kleidung und persönliche Habe bei den Toten zurückläßt?“

Bourke dachte eine Weile darüber nach. „Naja“, sagte er, „warum etwas mitnehmen, das dich verdächtigen könnte?“

„Oder“, sagte Carol und beugte sich vor, „vielleicht ist die Identität der Person für seinen Zweck von Bedeutung, nur sind wir über diese Verbindung nicht gestolpert. Und deshalb ruft er Madeline Shipley an, weil wir nicht das veröffentlicht haben, was er veröffentlicht sehen wollte.“

„Könnte sein.“

Carol fragte: „Glaubst du, der Anruf bei Madeline Shipley war echt?“

Bourkes Gesicht hellte sich auf. „Es besteht sehr wohl die Möglichkeit. Und ich bin sicher, daß er damit weitermacht, und das ist vielleicht sein großer Fehler. Er liebt die Aufmerksamkeit, die Öffentlichkeit. Er wird immer sicherer, riskiert etwas, vor allem hinsichtlich der Zeit, die es kostet, die Leichen zu arrangieren. Und natürlich hat er Grund, stolz zu sein – das

Morden gelingt ihm immer besser. Keine Kratzer mehr von den Opfern, wenn er sie stranguliert."

„Er ist von Anfang an sehr effizient gewesen, Mark. Schließlich haben wir ihn ja noch immer nicht, oder?"

„Noch nicht", sagte Bourke mit fester Stimme, „aber ihn festzunageln, wird mir ein Vergnügen sein."

Sie unterdrückte die bittere Bemerkung, daß es mit einiger Sicherheit noch ein weiteres Opfer geben würde, bevor sie ihn schnappten, und bat Bourke um eine kurze Zusammenfassung dessen, was über Alissa Harvey ermittelt worden war.

Sie wußte, daß Bourke mit unfehlbarer Präzision alle wichtigen Punkte abhaken würde. Sie schätzte seine Meinung und bewunderte seine Fähigkeiten. Er entwaffnete mit schnoddrigen Bemerkungen und salopper Umgangsweise, doch dahinter verbarg sich ein kluger Kopf, eine genaue Beobachtungsgabe und eine Hartnäckigkeit, die ihn zu einem ausgezeichneten Polizisten machte.

Sie unterbrach ihn nicht, und während sie zuhörte, malte sie ziellos Kreise und Pfeile aufs Papier. Alissa Harveys Leiche war von ihren Eltern identifiziert worden. Bourke selbst war dabeigewesen. Angesichts ihrer Verzweiflung hatte er die detaillierte Befragung um einen Tag hinausgeschoben. Das Opfer war gerade zweiundzwanzig geworden, eine freischaffende, begabte Fotografin. Sie war zuletzt um halb fünf in der Redaktion der Zeitschrift gesehen worden, für die sie regelmäßig arbeitete. Bisher hatte niemand eine Aussage gemacht, wo sie danach gewesen war, obwohl Bourke ihr Foto mit der Bitte um Hinweise in der Presse und im Fernsehen veröffentlicht hatte.

Etwa eine Stunde vor ihrem Tod hatte Alissa Harvey Kaffee und Gebäck zu sich genommen. Sie war mit einer gelben Kordel erwürgt worden, genau wie die anderen Opfer, zwischen halb acht und halb neun am Abend, bevor ihre Leiche entdeckt worden war. Ihr Mörder hatte keine Spuren zurückgelassen – weder Blutspuren noch Hautpartikel oder Textilfasern. Dem Opfer war keine sexuelle Gewalt angetan worden.

Wie in den beiden anderen Fällen deuteten Verfärbungen darauf hin, daß der Mord woanders stattgefunden hatte und die Leiche später in den verwilderten Garten der verfallenden Fabrik geschleppt und so aufgebahrt worden war, wie man sie auffand. Ihre Kleidung lag säuberlich zusammengefaltet zu ihren Füßen, obendrauf eine wertvolle Kamera und ihre Tasche mit dem Geld darin. Es schien nichts zu fehlen. Auf dem Leder befanden sich Alissa Harveys Fingerabdrücke und verwischte andere, die nicht zu identifizieren waren. Bourke fügte hinzu: „Das Labor hat es sogar mit diesem neuesten Laserzeug versucht, aber umsonst. Jedenfalls ist unser Bursche viel zu schlau, einen Abdruck zu hinterlassen."

Carol erkundigte sich nach dem Film in der Kamera. Bourke reichte ihr die entwickelten Fotos. „Ich habe Ferguson von allen einen Abzug gegeben, damit er ihnen nachgeht."

Während sie die Fotos durchsah, fügte er hinzu: „Interessant ist vielleicht, daß darunter auch eins von Madeline Shipley ist." Er zog es hervor und bemerkte: „Ich glaube, es ist eine Aufnahme aus ihrem Sendestudio. Interessanter Zusammenhang, nicht?"

„Kann ich die Fotos haben?"

Bourke nickte. „Klar, ich habe sie mehrmals abziehen lassen."

„Und ich möchte Fergusons Bericht so bald wie möglich."

Wieder nickte Bourke und fuhr mit dem Bericht über den Fundort der Leiche fort. Im Garten der verlassenen Fabrik war im Schlamm ein Wirrwarr an Fußspuren entdeckt worden und ein klarer Reifenabdruck beim Tor. Er stammte von einem preiswerten Massenprodukt, einem Radialreifen, und wies keine besonderen Merkmale auf. Die Fußspuren waren undeutlich und rührten zum Teil von den beiden älteren Straßenbauarbeitern her, die den Leichnam gefunden hatten. Während sie auf die Polizei warteten, die dann den Fundort absperrte, hatten sich Schaulustige eingefunden, von denen wahrscheinlich die übrigen Fußspuren stammten.

„Eine genaue Identifizierung der Fußabdrücke ist ziemlich ausgeschlossen, trotzdem glaube ich nicht, daß die Menge jede Spur, die darauf schließen läßt, daß die Leiche durch den Garten geschleift worden ist, zertrampelt hätte."

„Willst du mir damit indirekt andeuten, daß sie nicht geschleift worden ist?"

„Ich will damit sagen, daß sie getragen wurde, deshalb ist der Täter wohl eher ein Mann – Alissa Harvey war zwar nicht dick, aber relativ groß und, wie ich glaube, für eine Frau zu schwer zum Tragen, vor allem als totes Gewicht, sozusagen."

„Aber nicht unmöglich."

„Nichts ist unmöglich." Dann fügte er trocken hinzu: „Du weißt genau, daß ich der letzte bin, der die Kraft von Frauen unterschätzt."

5

Sybil sagte: „Ich hatte ja nichts dagegen, daß wir uns den *Shipley Report* ansehen, während wir dieses köstliche Mahl verspeisen, für das ich mich abgerackert habe, aber jetzt noch das Video von der gestrigen Sendung, das geht etwas zu weit." Und sie stichelte: „Ich hoffe doch, dein Interesse an Madeline Shipley ist rein beruflich?"

„Absolut – obwohl sie dich in natura umhaut."

Sybil sah auf den Bildschirm, wo Madeline gerade die gestrige Sendung einleitete. Als die ersten Werbespots eingeblendet wurden, sagte Sybil: „Sie sieht auch im Fernsehen sehr gut aus, Carol. Du weißt, sie ist mit einem Künstler verheiratet... glücklich verheiratet, nehme ich an."

Carol grinste über ihren Ton. „Schatz, ich liebe nur dich und deinen Rotschopf. Mag ihr Charme noch so berückend sein, nichts könnte mich von deiner Seite locken."

Sybil fragte neugierig: „Erzähl, wie ist sie? Daß sie so toll ist, wie sie aussieht, ist kaum zu glauben. Ich habe eher das Gefühl, es muß aufgesetzt sein."

„Ich weiß nicht, ob es echt oder gekünstelt ist. Jedenfalls wirkt sie sehr überzeugend. Aber das Wichtigste ist, daß sie womöglich mit dem Serienmörder in Kontakt steht. Wenn nicht, sind wir genau so weit wie beim ersten Mord."

„Mich wundert, daß sie heute abend in der Sendung den Anruf nicht erwähnt hat. Bei einer solchen Ankündigung würde doch die Konkurrenz glatt erblassen."

Carol nickte. „Darüber staune ich auch. Ich habe sie zwar gebeten, es nicht zu erwähnen, trotzdem muß es eine große Versuchung gewesen sein zu verkünden, der gelbe Würger hätte sie persönlich angerufen – vor allem, da sie und Pierre Brand sich im Vorabendprogramm die Einschaltquoten streitig machen."

„Dann ist sie vielleicht doch so nett, wie sie scheint", sagte Sybil mit spöttischem Unterton.

„Schon möglich. Vielleicht hat sie's aber auch auf was Größeres abgesehen, zum Beispiel auf einen Serienmörder höchstpersönlich als Gast in ihrer Sendung. Das wäre der absolute Knüller."

„Zynikerin."

„Nur Realistin. Madeline Shipley ist äußerst professionell, und das, worum es geht, ist, die höchsten Einschaltquoten zu ergattern."

„In seiner Sendung gestern abend kommentierte Pierre Brand in seinem unheilschwangeren Ton die Morde, dann stellte er sich seinen Zuschauern als Mittelsmann zur Verfügung. Er sagte, falls jemand dahinterkäme, daß er oder sie einen Serienmörder in der Familie hätte, würde er sich als diskreter Vermittler anbieten. Es war ein herzbewegender Appell, und selbstredend hatte er nur den einen Wunsch, seinen Zuschauern zu Diensten zu sein."

Carol lächelte über ihren sarkastischen Ton. Schließlich hatte Sybil so ihre Erfahrungen und allen Grund zur Abneigung gegen Brand und seine Art, sich mit heiklen Themen auseinanderzusetzen.

Sie sagte: „Madeline ist nicht Pierre Brand. Sie macht auf mich einen vernünftigen und fairen Eindruck, obwohl sie mich natürlich auch eingeseift haben kann. Aber ob sie nun ein charmantes Biest ist oder das netteste Wesen, das je erschaffen wurde, ist ziemlich belanglos, weil ich ihr gegenüber in jedem Fall freundlich sein muß... sie ist bisher unsere einzige Chance, an den Täter heranzukommen."

Sie übersprang die Werbeeinblendung mit schnellem Vorlauf und schaltete wieder auf Normalgeschwindigkeit, als Madeline in ihrer ernsthaften, unaffektierten, charmanten Art sagte: „Unser Gast heute abend ist Dr. Daniel Dunn, renommierter Kriminalpsychologe und -psychiater, der sich auf die Analyse von Psychopathen spezialisiert hat. Dr. Dunn ist bei einigen Fällen hinzugezogen worden, die als die unrühmlichsten in der australischen Kriminalgeschichte gelten. Als Experte wird er heute abend mit uns über den gelben Würger sprechen..."

Carol hörte aufmerksam zu, machte sich Notizen und ließ das Videoband verschiedene Male zurücklaufen, um sich einzelne Passagen noch einmal anzusehen. Dann sagte sie zu Sybil: „Stell dir vor, du wärst der Mörder und hättest gerade die Sendung gesehen. Was würde dich veranlassen, zum Telefon zu greifen und Madeline Shipley anzurufen?"

„Ich weiß nicht – vielleicht würde ich meine Meinung in dieser Sache sagen wollen. Ich nehme an, er hat ein Motiv, das für ihn ganz plausibel ist, wenn auch vielleicht nicht für uns."

„Das Problem ist, wir haben nicht die leiseste Ahnung, was für ein Motiv das ist."

„Carol, was könnte jemanden dazu treiben, vier Frauen auf diese Weise umzubringen. Es ist ja nichts Sexuelles, nicht wahr?"

Carol seufzte. „Jedenfalls wurden sie nicht vergewaltigt – oraler oder vaginaler Verkehr hat nicht stattgefunden, kein Sperma am Körper oder an der Kleidung." Sie verzog das Gesicht. „Manchmal ejakulieren die Mörder über ihre Opfer oder irgendwelche Kleidungsstücke, aber das ist hier nicht der Fall."

Kopfschüttelnd fragte Sybil: „Warum werden so viele Frauen angegriffen und ermordet? Warum werden so viele vergewaltigt? Und nicht nur von einzelnen, sondern von ganzen Gruppen. Mit sexuellem Notstand kann das nichts zu tun haben – verdammt, wir leben schließlich nicht mehr im neunzehnten Jahrhundert!"

„Es geht um Macht, nicht um Sex. Vergewaltigung ist das extremste Mittel, um Dominanz auszudrücken. Und nicht nur

Frauen werden vergewaltigt. Viel öfter als du ahnst, vergewaltigen Männer auch Männer und –"

Das Läuten des Telefons unterbrach sie. „Carol Ashton... Ja, Mark... gut, mach das... Du weißt ja, was zu tun ist. Ich bin morgen ganz früh im Büro."

Sie legte den Hörer auf und erklärte auf Sybils fragenden Blick: „Unser Verdächtigter hat wieder angerufen, aber nicht beim Sender und auch nicht die Nummer, die wir angezapft haben. Er hat bei Madeline Shipleys Mann eine Nachricht hinterlassen. Und das ist eine Geheimnummer. Sehr interessant, nicht wahr?"

Die Nacht war still, hell leuchtete der Mond, es war angenehm warm. Im Eukalyptus vor dem Schlafzimmerfenster zischte asthmatisch ein Opossum. Carol seufzte, schauderte. Sie spürte Sybils Herz gegen ihr Herz hämmern, wie Sybils Haut unter ihren Fingern feucht wurde. Voll Verlangen suchte sie Sybils Zunge, ihre Leidenschaft war wie ein Rausch. Sybil bewegte sich unter ihr, küßte ihren Hals und fuhr mit der Zunge um ihre Brustwarze, die sich aufrichtete, als sie daran saugte. Carol wurde steif, wollte ihren Höhepunkt hinauszögern, den sie so begierig herbeisehnte. Ihre Lust schmerzte fast. Dann spürte sie Sybils Hand zwischen ihren Beinen, sie überließ sich ihren Fingern, die sie rieben, bis sie zum Gipfel ihres Höhepunktes gelangte. Sie bebte, als sie kam. Fast widerstrebend wurde sie in Wellen geschüttelt. Sie gab sich der Ekstase hin, bis der Orgasmus sie völlig erschöpfte. Befriedigt rang sie nach Luft. Das Blut rauschte in ihren Ohren. Sybil streichelte sie, flüsterte Worte, die sie nicht mehr erreichten. Sie wollte sich konzentrieren, etwas sagen, doch da schlief sie bereits.

6

„Berichte!“

Bourke zog eine Augenbraue hoch. „Nun ja, Carol, es ist ein Rätsel, es sei denn, der berüchtigte gelbe Würger ist ein persönlicher Freund von Madeline Shipley und ihrem Mann, Paul Crusoe. Die Geheimnummer, so die Shipley, kennen nur ein paar Auserwählte. Vielleicht ist das ja der Durchbruch.“

Skeptisch sagte Carol: „Vielleicht, vielleicht auch nicht. Ich kann mir einfach nicht vorstellen, daß er sein Umfeld so einengt. Er muß wissen, daß wir ihm noch kein Stück nähergekommen sind, warum sollte er uns die Sache erleichtern?“

„Wie steht's mit dem guten alten Szenario: Schnappt mich, bevor ich noch einen Mord begehe?“

„Ein kreativer Gedanke, Mark, aber daran glaube ich nicht. Ich habe stark das Gefühl, er will uns in die Irre führen.“

„Was ist, wenn es gar keinen Anruf gegeben hat? Wenn es Shipleys Künstlergatte ist?“

Stirnrunzelnd klaubte sich Carol ein Fädchen vom strengen blauen Blazer. „Paul Crusoe... hat er nicht in der Kunstwelt für irgendeinen Aufruhr gesorgt?“

„Du meinst wohl das gekreuzigte Huhn.“

„Was? Willst du mich auf den Arm nehmen?“

Er grinste über ihre Reaktion und erklärte: „Das unglückselige Huhn war bereits tot, Carol, sonst hätte er den Tierschutzverein am Hals gehabt – nicht, daß Paul Crusoe das geschert hätte –, er hat die ganze Sache lanciert, um mal so richtig zu schockieren. Ich habe eine Freundin in der staatlichen Kunstgalerie angerufen und mich nach Shipleys Mann erkundigt. Und sie hat mich an den ganzen Skandal erinnert.“

Carol hätte fast gefragt, seit wann er sich für Kunst interessierte. Wieder wurde ihr bewußt, daß sie zwar sein Berufsleben kannte, aber von seinen privaten Interessen wenig Ahnung hatte.

Als hätte er ihre Gedanken erraten, sagte er. „Wir sind zusammen zur Schule gegangen. Das ist natürlich schon ewig her, aber wir sind in Kontakt geblieben, also war Pat gern bereit, mir ein paar Hintergrundinformationen über die Szene zu geben. Jedes Jahr werden außer den großen Kunstpreisen, wie zum Beispiel der Archibald-Preis, auch ein paar kleinere verliehen, so der Rickard-Preis für religiöse Kunstwerke. Vor zwei Jahren hat Paul Crusoe ein sogenanntes Kunstwerk mit dem Titel ‚Die Verwandlung Jesu' eingereicht. Es war ein ganz traditionelles Gemälde, nur war statt des toten Jesus ein totes Huhn draufgenagelt – mit ausgebreiteten Flügeln, Federn und allem."

Sie lächelte, als ihr jetzt das bizarre Bild wieder einfiel, und sagte: „Wieso eigentlich diese Aufregung. Sie hätten ihm sagen können, das sei wohl ein Scherz, und die Annahme verweigern."

Er grinste breit. „Das Kuratorium war völlig aus dem Häuschen, nach erregten Debatten hinter verschlossenen Türen wurde das Gesundheitsministerium eingeschaltet, und das erklärte das Werk zur öffentlichen Gesundheitsgefährdung. ‚Die Verwandlung Jesu' wurde entfernt, doch da war der Name Paul Crusoe schon in aller Munde."

„Heißt das, für Publicity tut Paul Crusoe alles?"

„Scheint so, und es macht den Eindruck, als habe er Hilfe auch bitter nötig. Pat sagt, als Künstler sei er eine Null – das meiste Interesse errege er dadurch, daß sein Frau so erfolgreich ist. Und Pat sagt außerdem, die allgemeine Ansicht sei, daß Madeline Shipley nicht nur Paul Crusoe unterhält, sondern auch Privatgalerien gewaltige Summen zahlt, damit sie seine Bilder ausstellen. Kurz: Sie bringt ihn durch."

Carol rieb sich nachdenklich die Wange. „Jedwede öffentliche Sensation würde also beiden helfen. Wie wär's damit: Madeline Shipley kommt durch den Anruf eines Irren, den sie für echt ausgibt, auf die Idee und spinnt sie mit Hilfe ihres Mannes weiter, indem sie einen zweiten Anruf folgen läßt, da sie sehr wohl weiß, daß wir seine Geheimnummer nicht angezapft haben."

„Ts", machte Bourke. „Als nächstes sagst du womöglich, Madeline Shipley selbst sei der Mörder."

Carol lächelte ihn an. „Sie kann's nicht sein. Das habe ich nachgeprüft. Bei allen Mordfällen bis auf einen hatte sie entweder Sendung oder war zur fraglichen Zeit mit der Vorbereitung derselben beschäftigt."

Bourke grinste. „Du traust wohl niemandem, stimmt's?"

„Nein", antwortete Carol spontan, dann kam sie ins Grübeln. Warum hatte sie das gesagt, ohne nachzudenken? Beruflich vertraute sie Mark Bourke... Und Sybil... vertraute sie Sybil nicht in ihrem Privatleben?

„Ist das langweilig", sagte Malcolm und starrte haßerfüllt auf das aufgeschlagene Lehrbuch.

Auch wenn Sybil der Ansicht war, daß sich sein schauspielerisches Talent in Grenzen hielt, bewunderte sie doch seine Aufsässigkeit und wie meisterhaft er zu schmollen verstand. Er war ein nörgelnder Schönling, ein unausgegorener Teenager und, so hatte sie den Verdacht, ziemlich dumm.

„Das Leben hat nun mal langweilige Momente", bemerkte sie, „als Gegengewicht zu den wirklich aufregenden. Es ist einfach so."

Er sah sie zweifelnd an, aber sie zuckte nicht mit der Wimper. „Kirra muß sich nicht damit rumschlagen. Wieso ich?" fragte er.

„Sie dreht gerade. Nach dem Mittagessen ist sie an der Reihe, und dann drehst du."

„Ich sollte lieber meinen Text lernen. Dies hier ist reine Zeitverschwendung."

Wie wahr, dachte Sybil. „Die Übung ist ganz einfach, Malcolm, wenn du die Anweisung dazu durchliest. Komm, ich helfe dir."

Er seufzte, murmelte etwas vor sich hin und schrieb schließlich zusammenhanglose Wörter auf seinen Block. Sybil wußte inzwischen, daß seine Konzentration kaum länger als fünf Minuten anhielt, insofern wunderte sie sich nicht, als er seinen Kugelschreiber hinlegte, sich streckte, als hätte er stundenlang geistige Schwerarbeit vollbracht, und sich in eine Ablenkungstaktik flüchtete, wie es viele Schüler mit Vorliebe tun: die Unterhaltung mit der Lehrkraft.

„Sybil", sagte er aufgedreht, „dieser gelbe Würger, der diese Frauen umgebracht hat, wissen Sie, hm, eine von ihnen hab' ich gekannt."

Sybil horchte unfreiwillig auf. „Sie war eine Freundin von dir?"

Mit charmantem, entschuldigendem Lächeln sagte er: „Nicht direkt. Diese erste, Maria Kelly, sie war Schauspielerin, wissen Sie. Naja, ich hab' irgendwas mit ihr gedreht, kurz bevor sie umgebracht wurde. Unheimlich, nicht? Es war eine meiner ersten Sachen fürs Fernsehen. Hab' ein Video davon, wenn Sie's sehen wollen. Das war vor einem Jahr, und ich kam gerade groß raus, wissen Sie."

Begeistert verbreitete er sich über sein Lieblingsthema – sich selbst: „Wissen Sie, man braucht die Auftritte, und dieser war ein großer Durchbruch für mich. Zwar kurz, und ich hatte auch nicht viel zu sagen, aber ich habe Eindruck gemacht."

„Das hast du sicherlich", bemerkte Sybil ohne Überzeugung. „Und Maria Kelly, was hatte sie für eine Rolle? Es war ein Werbefilm, stimmt's?"

„O nein. Natürlich habe ich schon Werbefilme gemacht, früher. Eine Menge, genau gesagt. Hab' auch davon Videos. Aber dies hier war ein Film über einen Mordfall, wissen Sie. Wenn der Mörder nachgespielt wird und die Opfer und so. Wissen Sie, was ich meine?"

„Wie hieß der Krimi?“

„Hm, fällt mir nicht mehr ein, ist schon zu lange her, aber für mich war das Wichtige, daß ich einen Auftritt hatte. Man muß sein Gesicht bekannt machen... Haben Sie mich schon mal gesehen?“

„Ich muß dich verpaßt haben.“ Sybil heuchelte Bedauern.

„Schade“, sagte Malcolm, „ich bin wirklich gut.“

Malcolm war zur Garderobe aufgerufen worden, und Kirra drehte noch, also holte Sybil sich einen Becher Kaffee, legte die Füße hoch und dachte an nichts Bestimmtes.

„Kann ich reinkommen?“ Luke Wests Gesicht lächelte sie an.

„Aber es ist ziemlich heiß hier im Wohnwagen.“

Er schob sich ihr gegenüber vorsichtig auf die schmale Bank. „Die Hitze macht mir nichts aus, und Vic braucht mich im Augenblick nicht. Mal abgesehen von dem Vergnügen an Ihrer Gesellschaft, muß ich gestehen, daß ich mich eigentlich vor Alice verstecke.“

Sie antwortete höflich mit einem fragenden Blick. Er ging sofort darauf ein: „Sie erinnert mich immer an meine Exfrau. Ständig will sie mir sagen, was ich zu tun habe.“

„Ich wußte gar nicht, daß Sie verheiratet waren.“

„Nein? Wieso sollten Sie auch?“

Sie dachte an Alices Tratsch, daß Luke womöglich homosexuell sei, und sagte vage: „Muß an irgendwas liegen, was irgendwer gesagt hat...“

Luke feixte: „Glauben Sie bloß nicht alles, was Alice Ihnen aufbindet. Sie nimmt es, gelinde gesagt, mit der Wahrheit oft nicht so genau.“

Er strich sich mit raschen, präzisen Bewegungen das helle Haar glatt. „Ich habe bemerkt, daß Charlie Date sich für Sie interessiert... Es geht mich ja nichts an, aber er kann manchmal etwas komisch sein...“ Er stand auf. „Ehrlich gesagt, ich glaube eigentlich nicht, daß Charlie so sehr auf Frauen steht.“ Sie runzelte die Stirn, und er schnitt eine Grimasse.

„Klingt fast wie Alice, nicht?"

Bevor sie noch antworten konnte, winkte er ihr zum Abschied und stieg rasch aus dem engen Wohnwagen. Draußen hörte Sybil das unangenehme Näseln Vic Carbonds, dann Lukes helle Stimme, und schon trat Vic lächelnd ein.

Ihr war nicht entgangen, daß Vic Carbonds Lächeln eher selten und flüchtig war, wie auch jetzt. Er quetschte sich auf die enge Bank, die Luke gerade geräumt hatte, und starrte sie verdrießlich an. Er trug schmuddelige Jeans und ein strahlendweißes T-Shirt mit der zinnoberroten Aufschrift *Tod in Australien.*

„Sie sind eben gekommen", sagte er und schob ihr ein flaches Paket über den Tisch. „Sollten schon am ersten Tag hier sein, aber jetzt haben wir sie, und ich möchte, daß das ganze Team sie trägt."

Das Paket enthielt zwei T-Shirts, beide mit dem Titel des Films, eins in Lindgrün, das andere eierschalfarben.

„Schätzungsweise Ihre Größe", sagte Vic und lächelte noch einmal. „Und ich dachte, die hier würden zu Ihren roten Haaren passen."

Er hatte verfärbte Zähne, was Sybil nicht überraschte. Während sie sich noch fragte, wieso er, der Regisseur höchstpersönlich, zu ihr kam, um ihr die Hemden zu bringen, gab Vic ihr die Antwort.

„Eigentlich wollte ich mal unter vier Augen mit Ihnen reden. Es hat mit der Schulbehörde zu tun. Als bei meinem letzten Film Kinder mitgewirkt haben, gab es Beschwerden über den Unterricht, den sie bekamen. Ich muß Ihnen ja nicht sagen, daß ein richtiger Unterricht während des Drehens ein hoffnungsloses Unterfangen ist. Aber das Wichtigste ist, daß es einen guten Eindruck macht. Alles, was mit Kinder zu tun hat, muß tadellos aussehen, wissen Sie, was ich meine?"

Sybil amüsierte sich über seine Sorge, dann fiel ihr auf einmal das häßliche Gerücht ein, über das Alice sich genüßlich verbreitet hatte – daß in einem früheren Film Vics jugendliche Darsteller nebenbei in Päderastenfilmen mitgewirkt hätten.

Sie sagte: „Ich glaube nicht, daß Sie sich Sorgen zu machen brauchen. Ich habe detaillierte Aufzeichnungen und stehe mit Malcolms und Kirras Schule in Kontakt. Ich bin sicher, daß alles seine Ordnung hat."

Er erhob sich und tätschelte ihre Schulter. „Sie sollen wissen, daß ich Sie beobachtet habe, Sybil. Sie machen Ihre Sache sehr gut. Ich lege gern ein Wort für Sie ein, wenn Sie weiter als Tutorin arbeiten wollen."

Sie nickte und bezwang den Impuls, seiner Berührung auszuweichen. Sie fragte sich, wie viele Leute sich wohl Vic Carbonds Aufmerksamkeit um des Vorteils willen gefallen ließen, daß er sich womöglich für sie verwende.

Mark deutete auf die Pinnwand in seinem Büro. „Es gibt einfach keine Verbindung, Carol – jedenfalls sehe ich keine."

Sie konzentrierte sich auf das Netz aus Linien und Worten und suchte, ob vielleicht ein Muster zutage trat.

Leben und Tod eines jeden Opfers hatte Bourke im Detail aufgelistet und in sauberer Handschrift untereinandergeschrieben.

Maria Kelly, dreiundzwanzig, Darstellerin von Nebenrollen, dunkelhaarig, braune Augen, letzten Dezember auf dem Picknickplatz bei Audley Weir im Royal National Park südlich von Sydney erwürgt aufgefunden. Sally-Jean Cross, achtundzwanzig, Journalistin, blond gefärbte Haare, braune Augen, ihre Leiche wurde im Manly Dam Reserve entdeckt, nicht weit von Carols Wohnung. Narelle Dent, dreiunddreißig, Supermarktkontrolleurin, getöntes kastanienbraunes Haar und blaue Augen, an der Straße beim Picknickplatz in Galston Gorge im Nordwesten der Stadt aufgefunden. Alissa Harvey, zweiundzwanzig, Fotografin, braunes Haar und braune Augen, im Garten einer verlassenen Fabrik bei Alexandria, einem alten Stadtteil im südlichen Zentrum von Sydney, entdeckt.

Bourke hatte dazu in Rot vermerkt: *Warum keine Leiche im Westen? Nicht vertraut mit der Gegend? Oder lebt er da?*

Carol fragte: „Sie haben sich weder gekannt noch kommen sie aus der gleichen Gegend oder besuchten die gleiche Schule oder hatten irgendwelche gemeinsamen Interessen?"

„Nichts. Es gibt auch keine charakteristischen physischen Ähnlichkeiten – Alissa Harvey war groß und kräftig, Sally-Jean und das erste Opfer, Maria Kelly, der Mode entsprechend dürr und Narelle in jeder Weise durchschnittlich."

„Sie war als einzige verheiratet?"

„Ja, aber geschieden. Die Presse hat versucht, es zu einer Vorstadtorgienstory aufzublasen – mit Partnertausch und dem üblichen Zeug, Männer mit Männern, Frauen mit Frauen und dann alle mit allen, aber schließlich lief sich das tot."

„Was war der Grund?"

„Der Geschichten? Ein Gerücht, das ein Reporter aufgepeppt hat. Du kennst das ja... Geltungssucht. Also wird die Wahrheit so lange verbogen, bis nur noch ein Haufen Lügen da ist."

Carol fiel ein, daß die Schlagzeilen nach Narelle Dents Tod im August sich nicht nur um sie als drittes Opfer des gelben Würgers drehten, sondern auch um sie als promiskuitive Frau und Rabenmutter, die, so wurde unterschwellig vermittelt, an ihrem Schicksal irgendwie selbst schuld gewesen sei.

„Und ihr Exmann?" fragte sie.

„Keine besonderen Animositäten von seiner Seite. Das einzig Ungewöhnliche an der Scheidung war, daß sie auf das Sorgerecht für ihre Tochter verzichtet hat, ohne mit der Wimper zu zucken. Man kann vielleicht sagen, sie war eine unnatürliche Mutter." Plötzlich wurde ihm bewußt, was er da sagte, und er fügte hastig hinzu: „Sicher hatte sie ihre Gründe..."

Carol sah ihm an, daß er daran dachte, wie sie auf ihren Sohn verzichtet hatte, und hielt dem Blick stand.

Du irrst, Mark, dachte sie, ohne mit der Wimper zu zucken, das stimmt nicht.

Er durchbrach das lastende Schweigen. „Aufgrund der Art und Weise, wie die Leichen drapiert worden sind, habe ich mir die Glaubensgemeinschaften vorgeknöpft. Ich hatte die Hoffnung, dort eine Spur zu entdecken, irgendein Verbindungsglied, aber das hat nichts erbracht. Das einzige Muster, das mir dabei auffiel: Es sieht fast so aus, als hätte der Mörder beschlossen, jeweils ein Mitglied der großen Religionsgemeinschaften auszulöschen. Maria Kelly, zum Beispiel, war Katholikin, aber nicht gerade strenggläubig. Sally-Jean Cross kam aus einer jüdischen Familie. Narelle Dents Eltern sind Humanisten und erzogen sie sicher als Atheistin oder gar Agnostikerin. Und als letzte Alissa, die eine fundamentalistische Feuer-und-Schwefel-Erziehung genossen hat."

Und grinsend fügte er hinzu: „Ich denke, daß sich meine Theorie als richtig erweist, wenn das nächste Opfer muslimisch oder buddhistisch ist. Was meinst du?"

Carol starrte nachdenklich auf die Pinnwand. „Ich glaube", sagte sie, „sie sind alle während der Woche umgebracht worden. Keine einzige am Wochenende. Wie findest du das?"

Bourke fuhr prüfend mit dem Finger über die Liste. „Es ist uns nicht entgangen, aber es könnte auch Zufall sein. Die erste an einem Donnerstag, die zweite am Mittwoch, die dritte wieder am Donnerstag und Alissa Harvey am Dienstagabend. Glaubst du, er arbeitet am Wochenende?"

„Es kann natürlich Zufall sein. Als Beweis für ein Muster reicht es gewiß nicht."

Bourke rieb sich das Kinn. „Wie wär's damit: Er stellt zu allen eine flüchtige Bekanntschaft her, aber es ist keine Beziehung, deretwegen eine Frau durch eine Verabredung ihr Wochenende verschwenden würde. Also lädt er sie unter der Woche auf einen Kaffee oder ein Gläschen ein, weil sie da eher zusagen."

„Klingt plausibel", sagte Carol, „und es könnte was dran sein. Oder es könnte natürlich auch alles ganz einfach sein, zum Beispiel, daß ihm nur dann ein Wagen zur Verfügung steht oder er keine Nachtschicht hat oder Vollmond ist..."

„Schon geprüft", sagte Bourke. „Vollmond hat sich nicht wiederholt. Und dabei hegte ich solche Hoffnungen..." meinte er bedauernd. „Du weißt ja, wie ich diese Schlagzeilen liebe: Mondsüchtigkeit – die Polizei steht vor einem Rätsel."

Madeline Shipleys Mann machte den Eindruck, als hätte er sich redliche Mühe gegeben, halbwegs wie ein Künstler auszusehen: Er roch ein wenig nach Ölfarbe, Terpentin und Firniß, trug sein fahles glattes Haar ziemlich lang, seine dunklen Augen blickten ernst, an den schlanken Fingern waren Farbspuren. Eine ausgebeulte Khakihose mit passendem farbverkleckssten Hemd schlotterte an seinem hageren Körper. Er hielt kurz Carols Hand, drückte sie leicht und ließ sie zögernd los.

Carol sagte förmlich: „Mr. Crusoe, es tut mir sehr leid, Sie bei der Arbeit zu stören. Wie ich weiß, haben Sie gestern abend bereits mit Inspektor Bourke gesprochen, trotzdem wäre ich Ihnen dankbar, wenn Sie sich noch einmal die Zeit nehmen und mir von dem Anruf erzählen würden."

Crusoe durchquerte bedächtig sein Atelier und sagte mit langsamer, weicher Stimme, die zu seinen Bewegungen paßte: „Sagen Sie Paul zu mir, Kommissarin, und ich werde Sie Carol nennen. Madeline hat mir schon alles über Sie erzählt." Er machte eine vage Geste. „Suchen Sie sich einen Platz, räumen Sie irgendwas beiseite..."

Das Atelier war ein Durcheinander von Staffeleien, Materialien und Gemälden in verschiedenen Arbeitsstadien. Hauptmerkmal seiner Bilder war ein Nebeneinander von verzerrten Konturen und gewaltigen Schatten – wohin sie sah, sprangen sie grelle Farben an. Er schob sich auf einen hohen Hocker neben einer Staffelei und beobachtete mit gelassenem Interesse, wie Carol einen Stuhl zwischen den Bildern hervorzog.

„Haben Sie je daran gedacht, sich porträtieren zu lassen?" fragte er.

„Nein, nie."

Er schüttelte langsam und bedauernd den Kopf. „Sollten Sie aber. Sie haben Persönlichkeit. Die Leute glauben, es ginge um den Knochenbau, das Gesicht... doch da irren sie sich. Es geht um das Innere, um das Selbst. Aber das wissen Sie natürlich."

Sie kam zu dem zynischen Schluß, daß Paul sie beide als seelenverwandt darstellte, um sie über den Tisch zu ziehen. Sie sagte: „Ich möchte nicht Ihre Zeit verschwenden, Paul, könnten wir also über den Anruf reden?"

„Den Anruf? Ach ja. Sie müssen verstehen, daß ich mit Madelines Berufsleben herzlich wenig zu tun habe. Ihre Karriere hat nichts mit meiner zu tun, unsere Ziele sind völlig verschieden... Was nicht heißt, daß wir nichts Gemeinsames hätten... Im Gegenteil..."

Komm auf den Punkt, um Himmels willen, dachte Carol. „Der Anruf?" unterbrach sie.

Doch schon bald konnte sie nicht mehr unterscheiden, ob er bewußt abschweifte oder ob seine Konzentration so sprunghaft war. Wann immer sie glaubte, sie hätte ihn jetzt auf das Thema gebracht, war von dem Anruf keine Rede.

Sie hatte erwartet, daß das Gespräch mit Crusoe höchstens eine halbe Stunde dauern würde, aber inzwischen hörte sie ihm schon eine Stunde lang geduldig zu und fragte und bohrte, bis sie endlich zufrieden dachte, nun hätte sie alles erfahren. Das Telefon hatte gestern abend um halb acht geläutet, direkt nach Madelines Sendung – er sah sie sich jedesmal an –, und eine Männerstimme mit sehr breitem australischen Akzent hatte sich erkundigt, ob er Paul Crusoe sei. Nachdem er sich dessen versichert hatte, erklärte er, daß er der gelbe Würger sei, und fuhr fort, er sei sicher, Madeline würde jetzt ein Interview mit ihm wollen, denn nun wisse sie ja von der Polizei, daß sie es mit dem Richtigen zu tun habe.

Paul Crusoe hatte gefragt, wie er an die Geheimnummer gekommen sei, doch der Anrufer ignorierte die Frage. Dann hatte Paul ihm gesagt, er könne Madeline ja direkt im Sender anrufen. Das amüsierte den Anrufer, und er erklärte, er hätte nicht die Absicht zu telefonieren, wenn er womöglich angezapft würde. Er beauftragte Paul Crusoe, Madeline Shipley auszurichten, sie solle eine Sendung vorbereiten, die sich ausschließlich mit seinen Serienmorden befaßte, ihm aber genug Zeit für ein persönliches Interview ließe. Er ging auf keine von Pauls Fragen ein, sondern beendete das Gespräch mit den Worten: „Sagen Sie ihr, ich werde sie anrufen, sobald die Sendung steht. Und ich will, daß sie Mitte der Woche stattfindet. Sagen Sie ihr das."

Nur mit Mühe gelang es Carol, Crusoe die Namen der Leute aus der Nase zu ziehen, die die Geheimnummer kannten.

Er fügte hinzu: „Und Madeline natürlich. Wir reden jeden Tag miteinander, wissen Sie. Sie verbringt soviel Zeit im Sender, und ich natürlich hier und arbeite... Es ist wichtig, miteinander zu kommunizieren, Klartext zu reden..."

Bei dieser Bemerkung konnte Carol sich ein Lächeln nicht verkneifen. „Das stimmt", pflichtete sie ihm bei und stand auf, als Madeline ins Atelier kam. Sie trug ein luftiges türkisfarbenes Kleid, das bei jeder Bewegung mitschwang. Carol kam sich in ihrem Maßgeschneiderten auf einmal streng und steif vor.

„Carol! Sie gehen doch noch nicht? Ich habe Edna gerade gebeten, uns eine Kleinigkeit zum Lunch herzurichten."

Paul Crusoe seufzte. „Madeline, ich wünschte, du würdest daran denken, daß ich mittags nicht esse, wenn ich arbeite. Ich esse später. Geht ihr beide nur ohne mich."

Madeline lachte ihn an, und er antwortete widerstrebend mit einem Lächeln. „Paul", sagte sie. „Edna hat mir bereits erzählt, was du heute morgen alles verdrückt hast. Wieso du so dünn bleibst, ist mir schleierhaft. Es ist nicht die Arbeit, die dich vom Essen abhält, sondern die Gefräßigkeit am Morgen." Sie hauchte ihm liebevoll einen flüchtigen Kuß auf die Wange und fügte hinzu: „Carol und ich werden uns auch ohne dich glänzend unterhalten. Geh nur an dein Gekleckse, Liebling."

Sie wandte sich lächelnd an Carol: „Also hatte es mit den Daumen doch eine Bewandtnis, hm? Ihr Mark Bourke hat mir alles erklärt. Das bedeutet, die Anrufe sind tatsächlich echt, wie ich annehme."

Carol war auf der Hut. „Kann sein, aber es ist riskant, absolut überzeugt zu sein. Wenn man einer falschen Fährte aufsitzt und sich drauf verläßt, geht die ganze Ermittlung baden – sowas kommt vor."

„Hoffentlich stehle ich Ihnen nicht die Zeit, Carol."

„Natürlich nicht. Wir müssen allem nachgehen... Und Sie sagen mir doch, wenn er sich irgendwie mit Ihnen in Verbindung setzt, nicht wahr?"

„Wie können Sie daran zweifeln?" Madeline war sichtlich brüskiert.

„Er sagte zu Ihrem Mann, er möchte, daß Sie über ihn eine Sendung machen und ihn dafür interviewen. Wenn er meint, was er sagt, überträgt jede australische Sendeanstalt Ihr Programm."

„Hören Sie, Carol, ich will, daß dieser Kerl gefaßt wird, genau wie alle anderen das wollen. Sie wissen, daß ich die Polizei informiert habe, als er das erstemal anrief, und diesmal ebenso. Wieso also denken Sie, ich könnte künftig nicht mit Ihnen zusammenarbeiten?"

Um ihren Ärger zu beschwichtigen, sagte Carol leichthin: „Madeline, ich bin einfach zu argwöhnisch. Vielleicht liegt das an meinem Beruf..."

Madeline wiederholte ihre Einladung zum Lunch. Carols Protest, sie hätte nicht soviel Zeit, ließ sie nicht gelten. „Machen Sie's so kurz, wie Sie wollen, Carol. Ich weiß ja, daß Sie heute nachmittag um drei mit Wilbur Shearing verabredet sind."

„Ist das bereits Stadtgespräch?" Carol klang erstaunt und wenig erfreut.

„Ganz und gar nicht, Wilbur hat es mir selbst erzählt. Er mag nämlich keine Überraschungen... Er wollte wissen, wie Sie sind." Und als Carol nichts dazu sagte, fuhr sie fort: „Ich habe Sie ihm als eine gutaussehende, tolle Person geschildert, die sich nichts vormachen läßt."

„Würde er mich belügen?"

Madeline grinste. „Wie gedruckt, wenn's sein Vorteil ist. Ehrlich ist er nur, wenn es sich für ihn auszahlt."

Beiläufig erkundigte sich Carol: „Hat Wilbur Shearing nicht eine Yacht?"

Ohne große Verwunderung über den Themenwechsel klärte Madeline sie über Shearings ganze Flotte auf, von der Hochseeyacht bis zum Sportsegler, mit dem er im Hafen von Sydney schon Regatten gewonnen hatte.

„Also segelt er selbst? Er engagiert sich nicht einfach Leute, die ihm die Preise holen?"

„Es ist sein liebstes Vergnügen – gleich nach dem Geldscheffeln, genaugenommen. Weshalb fragen Sie? Wollen Sie mir weißmachen, es interessiere Sie eben brennend, oder hat das ein bißchen was von einem offiziellen Verhör?"

„Reines Interesse, denke ich", sagte Carol locker.

Edna, die Haushälterin, hatte im Garten Salate serviert. Madeline und Carol setzten sich in den Schatten eines Baums, der über und über mit Efeu bewachsen war. Carol entschied sich für Mineralwasser statt Wein und beobachtete Madeline sehr genau. Sie war wirklich eine bemerkenswerte Frau, sowohl was das Äußere als auch die Persönlichkeit anging. Liebevoll ironisch, unter respektlosem Lachen unterhielt sie Carol mit Anekdoten aus ihrem Fernsehalltag.

Als sie nach dem Essen den Kaffee tranken, beugte sie sich zutraulich vor. „Carol, ich möchte, daß Sie über ein Angebot nachdenken. Bitte, sagen Sie nicht schon im voraus nein. Es geht um eine Sendereihe, die wir jetzt produzieren. Sie ist völlig anders als der *Shipley Report,* und ich möchte Sie als Beraterin dabeihaben... Oder, wenn ich Sie dazu überreden kann, auch gern vor der Kamera."

„Ich glaube nicht..."

„Lassen Sie mich Ihnen zumindest ein wenig darüber erzählen. Das Thema jeder Sendung ist ein Mord, der tatsächlich geschehen ist – nicht ein x-beliebiger Mord, sondern ein ungewöhnlicher, ein extremer Fall. In Australien nennen wir die Serie vielleicht *Tod auf australisch*, aber für das Ausland wird sie *Tod in Australien* heißen."

„So heißt der Film, der gerade in Sydney gedreht wird."

Madeline nickte. „Ich weiß. Wilburs Filmproduktion mischt bei der Filmversion mit, wir übernehmen einige Szenen für unsere Sendung. Die Vorlage des Films basiert auf einem realen Mordfall, wissen Sie das?"

Sybil hatte ihr zwar ein Kopie des Drehbuchs zum Lesen gegeben, aber Carol hatte nicht die Zeit gefunden, auch nur einen flüchtigen Blick hineinzuwerfen. Sie fragte: „Welcher Mordfall?"

„Er geschah noch vor Ihrer Zeit bei der Kripo. In den Fünfzigern – ziemlich aufsehenerregend. Ein Amerikaner namens Ed Dowd war während des Krieges hier stationiert und verliebte sich in eine Australierin. Sie heirateten, und er beschloß, hierzubleiben und nicht in die Staaten zurückzukehren. Sie hatten einen Sohn und adoptierten eine Tochter. Etwa Mitte der fünfziger Jahre machten sie eine Urlaubsreise nach Ayers Rock und Umgebung. Dort verschwanden sie auf rätselhafte Weise. Der Wagen wurde gefunden, die Familie nicht. Dann, fünf Jahre später, entdeckte man die Leiche der Frau. Ed Dowd, sein Sohn und seine Tochter aber blieben verschollen."

„Ich glaube, darüber gelesen zu haben. Gab es da nicht einen Spionageverdacht?"

„Richtig", sagte Madeline. „Damals war der Kalte Krieg auf seinem Höhepunkt, und unter jedem australischen Bett steckte ein Roter. Man hatte auch Fliegende Untertassen in Verdacht, vom Fluch der Aborigines ganz zu schweigen – jede erdenkliche Theorie wurde untersucht. Das Faszinierende ist natürlich, daß es noch heute ein Rätsel ist."

Die Haushälterin unterbrach sie. „Kommissarin, ein Anruf für Sie."

„Nehmen Sie das Telefon in meinem Arbeitszimmer", sagte Madeline.

Ihr Arbeitszimmer war luxuriös ausgestattet, schwarze Möbel, mehrere Fernseher, Videorecorder und Tonbandgeräte. Von Paul Crusoes Bildern war nichts zu sehen. Das Telefon stand auf der Schreibunterlage aus burgunderrotem Leder auf einem riesigen antiken Schreibtisch. Carol konnte einfach nicht widerstehen, sich in den passenden burgunderroten Ledersessel sinken zu lassen, ehe sie den Anruf entgegennahm.

„Dachte, du würdest wissen wollen", sagte Bourke fröhlich am anderen Ende der Leitung, „daß Sybil bei dir angerufen hat und sich mit mir verbinden ließ, weil du nicht da warst. Wie es scheint, hat sie sich am Drehort mit einem ihrer Schüler unterhalten und dabei etwas Spannendes über Maria Kelly herausgefunden, und als ich das nachprüfte, stimmte die Information..."

Nachdenklich legte Carol den Hörer auf. Erst nach Sally-Jeans Tod war Wilbur Shearing als möglicher Tatverdächtiger in Frage gekommen, aber seine Fernsehgesellschaft hatte auch schon mit dem ersten Opfer zu tun gehabt.

Sie ging wieder zu Madeline hinaus, die Kaffee trank und versonnen über den gepflegten Rasen zu den Blumenrabatten hinübersah, die in blauer und malvenfarbener Fülle blühten. Übergangslos sagte Carol: „Madeline, bitte, seien Sie vorsichtig, es besteht die Möglichkeit, wenn auch nur vage, daß der Serienmörder schon mal mit Ihnen gearbeitet hat. Sein Interesse an Ihnen ist ohnehin besorgniserregend."

„Einer aus dem Sender? Oder deuten Sie etwa an, daß mein Boß Wilbur ein Serienmörder ist?"

Über ihren amüsierten Ton gereizt, antwortete Carol scharf: „Das hier ist kein Spiel. Er erwürgt Frauen. Ich glaube kaum, daß Ihnen eine solche Erfahrung gefallen würde."

Madeline schüttelte zerknirscht den Kopf. „Entschuldigen Sie. Ich gewöhne mich so an Tragödien, wie man von mir erwartet, daß ich gelernt habe, jede Pointe ins Humorige zu verkehren. Bitte, glauben Sie nicht, ich nähme die Sache nicht ernst."

Carol war zwar nicht ganz überzeugt, daß Madeline der Warnung genug Gewicht beimaß, doch sie beließ es dabei. Sie zog die Fotos hervor, die Bourke von dem Film in Alissa

Harveys Kamera hatte abziehen lassen. „Würden Sie sich bitte einmal diese Bilder ansehen?"

Madeline blätterte sie rasch durch und hielt bei dem Foto von sich selbst inne. Sie betrachtete es aufmerksam. „Dies wurde im Studio aufgenommen... wahrscheinlich in den letzten Wochen."

„Woran sehen Sie das?"

„An einigen Dingen – an dem, was ich anhabe, an meiner Frisur. Woher haben Sie es?"

„Das ist nicht wichtig, es betrifft unsere Ermittlungen. Sie erinnern sich an diese Aufnahme?"

Madeline reichte ihr die Fotos zurück und sagte: „Selbst auf die Gefahr hin, überheblich zu erscheinen: Ich werde ständig fotografiert. Ich erinnere mich überhaupt nicht daran."

„Haben Sie auf den anderen etwas erkannt?"

„Das eine ist der Hof vor meinem Büro. Sonst nichts."

Carol sah auf die Uhr. „Madeline, ich muß gehen. Vielen Dank für Ihre freundliche Einladung."

„Wie herrlich formell Sie sind, Carol!"

Sie begleitete Carol zur Tür und fügte etwas ernster hinzu: „Was die Sendereihe angeht, es ist ein ernsthaftes Angebot. Bitte, denken Sie darüber nach. Und finanziell wird es sich lohnen, das kann ich Ihnen versprechen."

„Es ist nicht sehr wahrscheinlich, daß ich zusagen werde."

Madeline lachte. „Schwester", sagte sie, „bisher haben Sie meine Überzeugungskraft noch nicht kennengelernt."

7

In natura strotzte Wilbur Shearing von dynamischer Energie, wie sie seine häufigen öffentlichen Auftritte kennzeichnete. Er sponserte Sportler und Wohltätigkeitsorganisationen, vor allem aber war er Geschäftsmann, ein Mann mit Unternehmungsgeist.

Er kam quer durch sein Büro auf Carol zu und schüttelte ihr die Hand. „Kommissarin Ashton! Ich freue mich, Sie begrüßen zu dürfen. Was kann ich für Sie tun?“

Noch ehe sie antworten konnte, führte er sie rasch zu einem klobigen Sessel, gab seiner Sekretärin ein Zeichen, Kaffee zu bringen, ließ sich dann ihr gegenüber in einen Sessel sinken und sah sie mit einem Ausdruck an, den Carol als Interesse und Anteilnahme deutete. Er war unterdurchschnittlich groß und sonnengebräunt, hatte einen Stiernacken und trug einen dunkelblauen Anzug, ein frisches weißes Hemd und eine rote Krawatte. Sein krauses Haar war kurzgeschnitten und überzog seinen Schädel wie eine dichte Matte.

„Also, was kann ich für Sie tun?“ wiederholte er.

Aus dem Fernsehen kannte sie bereits Wilbur Shearings eigenartige Sprechweise, die viele Reporter seines Fernsehsenders mittlerweile imitierten. Er redete langsam, betonte stakkatohaft in jedem Satz mindestens ein Wort, als sei es ganz besonders wichtig, wie banal und zufällig es auch sein mochte. Hinzu kam noch, das hatte Bourke ihr bereits gesagt, sein fast britischer Akzent. Den durch einen breiten australischen Akzent zu ersetzen, wäre eine ganz erhebliche Verstellung gewesen.

Als Carol auf den Serienmörder zu sprechen kam, hörte er

ihr aufmerksam zu. „Entsetzlich", bemerkte er kopfschüttelnd. „Wirklich entsetzlich. Arme Sally-Jean. Was muß sie durchgemacht haben – schon die Vorstellung ist unerträglich."

Er beugte sich vor, seine Anteilnahme war der Bestürzung gewichen. „Allerdings, Kommissarin, kann ich in diesem Punkt nichts mehr hinzufügen außer der Feststellung, daß es eine schreckliche Tragödie ist und ein großer persönlicher Verlust."

So ein Schmierenkomödiant, dachte Carol. Sie sagte: „Wir haben inzwischen herausgefunden, daß es noch eine weitere Verbindung zu Ihrer Fernsehanstalt gibt..."

Er verwahrte sich brüsk. „Einer meiner Mitarbeiter? Sie haben jemanden in Verdacht?"

„Noch nicht", sagte Carol und bemühte sich, nicht allzu frostig zu klingen. Sie war erst einige Minuten in Shearings Büro und schon empfand sie eine wachsende Irritation und Verachtung. Er war allzu aufmerksam, allzu eifrig um einen kooperativen Eindruck bemüht, reagierte zu oberflächlich. „Können Sie mir sagen, wo Sie am Dienstagabend gewesen sind?" fragte sie freundlich.

„Dies ist eine Routinefrage, nicht? Einer Ihrer Leute hat bereits ermittelt, wo ich war."

„Können Sie es trotzdem noch einmal wiederholen?"

„Sicher. Ich war den ganzen Abend mit Edgar Boarder zusammen, meinem Steuerberater. Bei mir zu Hause. Wir aßen zu Abend und hatten anschließend eine sehr ausführliche Besprechung, geschäftlich natürlich."

Carol wußte zwar, daß Bourke sein Alibi bereits geprüft hatte, trotzdem zog sie fragend die Augenbrauen hoch.

Also erklärte er weiter: „Ich wohne in Point Piper, wissen Sie. Ich wollte einige Dinge außerhalb der Firma besprechen. Edgar Boarder wird Ihnen das gern bestätigen, auch daß wir etwa bis Mitternacht zusammensaßen."

Edgar Boarder hatte es bereits bestätigt, aber Mark Bourke hatte auch bemerkt, daß bei einem solchen beruflichen Komplott wahrscheinlich alles gedeckt würde. Und obendrein, fügte Bourke hinzu, hatte Edgar Boarder interessanterweise ihm zufällig auch das Alibi für den Abend verschafft, als Sally-Jean starb.

Als sie Shearing kühl fixierte, fragte er sie: „Kommissarin, Sie erwähnten eine weitere Verbindung. Was soll das sein?"

„Der erste dieser Serienmorde geschah letzten Dezember. Das Opfer war ein junge Frau namens Maria Kelly. Abgesehen davon, daß der Name damals in den Nachrichten genannt wurde, sagt er Ihnen etwas?"

Aufmerksam betrachtete sie seine Reaktion. Er beugte sich vor, die Speckrolle wölbte sich über seinen Kragen, unter seiner Bräune errötend sagte er: „Nein, hab' ich noch nie gehört. Müßte ich das?"

„Sie war Schauspielerin. Hat auch für Ihren Sender gearbeitet. Genau gesagt, war sie zwei Tage vor ihrem Tod im Fernsehen."

„Das habe ich natürlich nicht gewußt. Ich hätte es Ihnen sofort gesagt. Wieso spielt das eine Rolle, Kommissarin?"

„Vielleicht spielt es gar keine Rolle, aber ich hätte trotzdem gern, wenn möglich, ein Videoband. Ich glaube, die Sendung hieß *Krimizeit*."

„Ach ja. Das war ein Versuch, ein Pilotprojekt. Wir haben es abgesetzt."

Nun beugte Carol sich vor. „Sie überraschen mich, Mr. Shearing. Ich hätte nicht gedacht, daß Sie, bei all Ihren Geschäftsinteressen, mit Einzelheiten über die Programmgestaltung aufwarten können, vor allem, da es schon ein Jahr her ist."

Sein Gesicht wurde ausdruckslos, dann kam wieder Leben hinein. „Kommissarin, alle, die mich einigermaßen kennen, werden Ihnen bestätigen, daß ich bestens im Bilde bin. Ich habe die Pilotprojekte fest im Auge. Wenn ein Volltreffer darunter ist, will ich ihn an Land ziehen."

„Klingelt bei Ihnen etwas, wenn Sie die Namen Narelle Dent oder Alissa Harvey hören?"

Jetzt lehnte er sich entspannt zurück. „Nein. Ich weiß, daß die beiden Opfer des gelben Würgers waren, aber das ist auch alles. Ich hatte nie mit ihnen zu tun. Bedaure, daß ich Ihnen nicht weiterhelfen kann. Und das Band von *Krimizeit*, das Sie wollten – wir haben es sicher nicht aufgehoben. Das Konzept hat nicht funktioniert, deshalb gab es keinen Grund, die Pilotsendung zu archivieren. Ich will das zwar gern für Sie nachprüfen lassen, doch ich muß Ihnen leider sagen, daß wir damit wahrscheinlich nicht dienen können."

„Wäre es möglich, eine Liste der Leute zu bekommen und vielleicht später mit ihnen zu reden, die an der Sendung mitgewirkt haben?"

Es entstand eine Pause, dann antwortete er übertrieben herzlich: „Aber gewiß doch, Kommissarin! Es ist mir eine Freude, Ihnen in jeder Hinsicht helfen zu können..."

Ach ja? dachte Carol und verbarg ihre Skepsis hinter einem höflichen Lächeln.

Sybil, Kirra und Malcolm sahen beim Drehen zu. Ripley Patterson wiederholte eine Szene mit seiner Partnerin, Mirabelle Stone, einer talentierten australischen Popsängerin mit blendenden Zähnen und effizienter Propagandamaschinerie. Sie hatte ihren Fans erklärt, daß sie sich nun weiterentwickle und ihr Repertoire um ernsthafte schauspielerische Leistungen erweitern wolle. Es mag ihr ja ernst damit sein, dachte Sybil. Aber über das schauspielerische Talent kamen ihr leise Zweifel – wie wohl auch dem Regisseur, der grimmig dreinsah und sie die Szene noch und noch wiederholen ließ.

Ripley Patterson, ein echter Profi, spielte seinen Part tadellos. Doch Mirabelle geriet schon wieder ins Stottern. Ripley wirkte keineswegs verärgert oder gar resigniert, sondern spielte jedesmal mit neuem Elan. Sein Gesicht war aus dem Fernsehen überall bekannt; er hatte in einer schier endlosen Serie einen Polizisten gespielt. In großen Filmen spielte er meistens den netten Typ, vor allem in spritzigen Liebeskömödien. Sybil war etwas irritiert gewesen, als sie ihn das erstemal in Lebensgröße sah, denn er wirkte soviel kleiner und zierlicher, als sie von Leinwand und Bildschirm erwartet hätte... obwohl er natürlich toll gebaut war und sehr gut aussah. Er hatte ein regelmäßiges Profil, ein bezauberndes Lächeln, sein dichtes schwarzes Haar über der faltenlosen Stirn war noch kein bißchen schütter, seine Stimme klang männlich und betörend.

Ripley Patterson war vielleicht nicht sonderlich groß, dafür aber sehr präsent. Er war ein Star, das war nicht zu übersehen; wenn auch nicht zur ersten Garnitur, gehörte er doch fraglos zur Creme. Große Filmpreise hatte er bisher nicht gewonnen, war aber außerordentlich populär. Mit dem Team kam er gut aus, denn er war ein unkomplizierter, freundlicher Mensch. „Es ist ihm nicht zu Kopf gestiegen, wie den meisten anderen", hatte Alice zu Sybil bemerkt und hinzugefügt: „Einen echten Star erkennt man daran, daß er mit allen redet und sich nicht für was ganz Besonderes hält."

So attraktiv er auch war, Sybil fand ihn persönlich eher oberflächlich und wenig überzeugend, als habe er eine Rolle trainiert und spiele sich selbst perfekt, ohne die wahre Persönlichkeit darunter zu enthüllen.

Die Szene wurde unterbrochen, und Ripley kam zu ihnen herüber. Er tätschelte Kirra die Schulter. „Schätzchen, würde es dir allzu viel ausmachen, mir einen Kaffee zu besorgen?" Als Kirra davonstürzte, bat er Malcolm, sein Skript aus dem Wohnwagen zu holen. Malcolm zeigte sich kein bißchen beeindruckt und runzelte finster die Stirn, dann entfernte er sich mit einiger Würde, da ihm einfiel, daß Ripley Patterson ihm vielleicht nützlich sein könnte, wenn er die Vereinigte Staaten eroberte.

Kaum waren sie allein, sagte Ripley: „Sybil, Sie sind ja morgen mit von der Partie, schließlich haben wir dort alle zu erscheinen, aber wenn Sie danach nicht zu müde sind..." Er machte eine vielsagende Pause und lächelte unwiderstehlich.

„Das kann ich mir kaum vorstellen", antwortete sie und schwächte mit einem Lächeln die Brüskierung ab.

Daß sie fast den ganzen Samstag auf Wilbur Shearings Schiff zubringen mußte, paßte ihr gar nicht, und sie hatte – umsonst – eingewendet, daß die Werbung für den Film schließlich nichts mit ihr zu tun hätte. Sie war fest entschlossen, sich zumindest den Abend für Carol freizuhalten, obwohl durchaus die Möglichkeit bestand, daß Carol mit den Ermittlungen in den Serienmorden beschäftigt war.

Ripley sah aus, als habe er einen solchen Mangel an Begeisterung über seine Einladung nicht erwartet. „Ich habe ein paar Leute nach der Rundfahrt zum Cocktail in mein Hotel eingeladen. Es würde mich freuen, wenn Sie auch kämen."

„Syb ist eine sehr beschäftigte Frau", bemerkte Charlie Date plötzlich hinter ihnen und fügte scherzhaft hinzu: „Wenn sie kommt, haben Sie großes Glück."

Weder in seinem Ton noch Verhalten lag etwas Aggressives, dennoch beschlich Sybil ein Unbehagen. Sie fragte sich, ob sie ihm Unrecht tat – ob Lukes verschleierte Warnung vor Charlie sie beeinflußt hatte. Als Vic Carbond ihn nun zu sich rief, fühlte sie sich erleichtert.

„Komischer Kauz", sagte Ripley, während er Charlie nachsah. „Schwer zu durchschauen."

Sybil verbiß sich ein Lächeln. Vielleicht lag das Problem darin, daß Ripleys unverkrampfter Charme so an Charlie abprallte. „Entschuldigen Sie, können Sie mir sagen, wo ich Malcolm Murtry finde?" ertönte hinter ihr eine bekannte, doch unerwartete Stimme, und sie drehte sich um.

Mark Bourke hatte sie nicht direkt angesprochen, sondern eine allgemeine Frage gestellt. Sie wunderte sich darüber, wieso er ihre Bekanntschaft verhehlte, spielte aber mit. „Malcolm? Er ist etwas besorgen gegangen. Date wird jeden Moment zurückkommen."

Wie gerufen nahte Charlie Date mit großen Schritten, den Kopf streitlustig vorgereckt. In seinem braunen Anzug mit beiger Krawatte wirkte Bourke in dem saloppen buntgekleideten Team wie ein Fremdkörper. Charlie fuhr Bourke an: „Haben Sie hier etwas zu suchen? Wir drehen gerade eine Szene...“

Sybil sah mit Bewunderung, wie Bourke ihn geschickt außer Hörweite bugsierte, mit unaufgeregter Miene locker auf Charlie einsprach, der abweisend dastand. Dann zuckte er resigniert die Achseln, als Bourke ihm seine Marke hinhielt, und führte ihn zu Vic Carbond, der die beiden irritiert verscheuchte.

Luke lehnte sich an den Scheinwerfer, mit dem er die Szene ausgeleuchtet hatte. „Wer war das?“ fragte er mit Blick auf Bourke. „Den hab' ich noch nie hier gesehen.“

Malcolm kam mit Ripleys ledergebundenem Skript unter dem Arm zurück. „Ein Agent?“ fragte er neugierig. „Ist er wer?“

Ripley ergriff lächelnd das Skript. „Wenn mich nicht alles täuscht“, sagte er, „ist dieser Mann da ein Bulle.“

Bourke kam mit Malcolm Murtrys Videoband in Carols Büro und berichtete amüsiert von seiner Erfahrung am Drehort von *Tod in Australien:*

„Syb hat den Wink gleich begriffen und tat so, als hätte sie mich noch nie gesehen, Ripley Patterson bleckte sein bestechendes Gebiß, und da schmolz sogar ich ein wenig – dieser Typ sieht allzu hinreißend aus, leider etwas kurz geraten –, und der Regisseur, unser etwas anrüchiges australisches Talent Victor Carbond, gestattete grollend, daß ich mit Malcolm Murtry abschob, um das Band mit seiner schauspielerischen Glanzleistung zu holen.“

„Das Team – ist da irgendwer von Interesse?“

„Du meinst, ob ich einen oder mehrere Sexualverbrecher wiedererkannt hätte? Das nicht, aber es war ein Gesicht darunter, das mir bekannt vorkam. Frag jetzt nicht, wer; weil ich's nicht zusammenkriege. Ich komme schon noch drauf.“

Während Carol das Band in den Videorecorder schob, versuchte sie, ihn auszuquetschen: „Nun sag schon, Mark, Mann oder Frau? Vor kurzem oder vor längerer Zeit? Täter? Opfer?“

„Dräng mich nicht, Carol. Ich komme noch drauf, laß mir halt Zeit.“ Er drückte die Taste. „Malcolm Murtry, dem Kinderstar und seinem Ego verdanken wir, daß diese Aufnahme noch existiert", bemerkte er. „Wie Shearing sagte, hat der Sender dieses und ein weiteres Pilotprojekt gesendet, sich dann entschlossen, die Serie fallenzulassen und das Original zu zerstören. Dies ist wahrscheinlich die einzige Kopie."

Graue Streifen flimmerten über den Bildschirm, dann stand der Farbfilm. „Krimizeit", kündete eine Stimme im Off verheißungsvoll an. Dann folgte eine etwas peinliche Einleitung der Serie von einem populären Quizmaster, der seitdem von der Bildfläche der Unterhaltungsshows verschwunden war.

„Was wohl aus dem geworden ist?" fragte Bourke. „Kein Talent, aber tolle Zähne. Haben ihn ganz schön weit gebracht in so kurzer Zeit."

„Vielleicht hat er sich vom Kuchen mehr abgebissen, als er verdauen konnte."

Bourke grinste. „Nicht sehr nett", sagte er, „schließlich weiß man ja, daß der Verschleiß beim Fernsehen mörderisch ist. Nur wenige kommen an die Spitze und halten sich da – wie deine Freundin Madeline Shipley. Und dazu, Carol, müssen sie skrupellos sein. Du weißt, daß die ganze Geschichte, die sie uns auftischt, eine Finte sein kann. Im Moment tobt ein erbarmungsloser Kampf um die Einschaltquoten."

„Da ist Malcolm", sagte Carol, als der schmollende Schönling auf dem Bildschirm erschien. Es ging um die Nachstellung eines Mordfalls, den beide auf der Stelle identifizierten.

„Der Fall Fernandez", sagte Bourke.

Kerry Fernandez war mit einem nach außen netten, zu Hause prügelnden Mann, einem einflußreichen Geschäftsmann, verheiratet gewesen. Das junge Ehepaar war äußerst erfolgreich, lebte in einem vornehmen Stadtteil von Sydney, beide waren im Vorstand diverser Wohlfahrtsverbände und tauchten regelmäßig mit den richtigen Leuten in den Klatschspalten der Zeitungen auf.

Dann schoß Kerry Fernandez eines Abends ihrem Mann mit dem kostbaren, gravierten Gewehr zum Tontaubenschießen, einem Geburtstaggeschenk von ihr, ein Loch in den Kopf.

Das allein war eine Sensation, hinzu aber kam eine Dimension, die der Ironie nicht entbehrte – für die Medien ein gefundenes Fressen: Fernandez war kurz zuvor in eine Regierungskommission berufen worden, die sich mit Gewalt in der Ehe befaßte und einen Bericht und Gesetzesvorlagen erarbeiten sollte. Daß der Vorsitzende eben dieses Untersuchungsausschusses selbst ein prügelnder Ehemann war und daß die besagte Frau ihn mit dem Gewehr, das sie ihm selbst zum Geburtstag geschenkt hatte, ins Jenseits beförderte, wurde von den Medien genüßlich ausgeschlachtet.

Offenbar wegen dieser sensationellen Aspekte war der Fernandezfall für die Pilotsendung, die Carol und Bourke sich jetzt ansahen, ausgewählt worden. Bei der Nachspielung des Mordes wurde Kerry Fernandez von Maria Kelly dargestellt und ihr Mann von einem bekannten, aber zweitklassigen Schauspieler, der nur aufgrund bester Beziehungen zur Unterhaltungsindustrie immer noch gut im Geschäft war. Malcolm Murtry hatte seinen großen Auftritt in einer Nebenrolle als Nachbarjunge, der den Schuß hörte, zu Hilfe eilte und sich einer ruhigen Mrs. Fernandez gegenübersah, die ihm das Gewehr reichte, ehe sie selbst die Polizei anrief.

Carol betrachtete Maria Kelly mit einem Gefühl von Wut und Trauer. Sie spielte ganz gut, aber es war mehr als das. Sie vermittelte unterschwellig eine Verletzlichkeit, die befremdlich herausfordernd war.

Bourke spürte es ebenfalls. „Himmel“, sagte er, „warum hat sich jemand ausgerechnet sie als Opfer ausgesucht? Was hätte sie je irgendwem antun können?“

„Vielleicht hat sie das Unerreichbare verkörpert. Vielleicht genügte es schon, daß sie weiblich war, aber ich glaube, es steckt noch was anderes dahinter. Was es auch ist, wir müssen es finden.“

Bourke sah sie grimmig an. „Ich rede heute abend noch einmal mit Alissa Harveys Eltern“, sagte er.

Carol ließ das Band weiterlaufen. Es folgte eine zweite Sendung, in der Malcolm Murtry wieder mitspielte, nur war es diesmal eine noch kleinere Nebenrolle, in der er lediglich verwundet zu Boden fiel.

Bourke schnitt eine Grimasse. „Ich hasse das", sagte er, „wenn sie ihre Kinder umbringen. Selbstmord – okay... aber warum die ganze Familie töten?"

Schweigend sahen sie sich das Band noch einmal an.

Dann sagte Carol: „Ich möchte wissen, ob eins der anderen Opfer in irgendeiner Beziehung zu Fernandez gestanden hat. Und die Namen von allen Leuten, die mit *Krimizeit* zu tun gehabt haben."

„Du weißt, daß Kerry Fernandez lebenslänglich bekommen und Berufung eingelegt hat. Das Verfahren läuft gerade, das Urteil soll demnächst verkündet werden."

„Ja, Mark, das muß nachgeprüft werden – alle, die mit dem Komitee zu tun hatten, das sich für Straffreiheit eingesetzt hat. Und alle Verwandten des Ehemanns, die einen Groll hegen könnten. Prüf, ob es vielleicht irgendeine Verbindung zu dem Untersuchungsausschuß über Gewalt in der Ehe gibt, dessen Vorsitz Fernandez hatte."

Mark machte sich Notizen. „Ich setze sofort ein Team auf die einzelnen Punkte an. Kann ich den Computer mit detaillierten Informationen füttern lassen – zur Unterstützung der Gruppe? Es wird ein wahrer Alptraum an Querverweisen."

„Du bekommst so viele Leute, wie du brauchst. Sag's einfach. Und, Mark, diesmal darf uns nichts durch die Lappen gehen."

Er nahm ihre Kritik widerspruchslos hin. Nachdem Malcolm Murtry die Bemerkung über Maria Kellys Mitwirkung an dem Film gemacht hatte, war Bourke die Akten noch einmal durchgegangen und auf einen Hinweis auf ihre letzte Rolle gestoßen, der nicht beachtet worden war. Es war nur ein Detail von vielen aus dem Leben des Opfers gewesen, dem kein Gewicht beigemessen worden war.

Beide, Carol und Bourke, wußten genau, wie oft unter dem Wust von Informationen eine Schlüsselinformation steckte und nur durch Zufall aufgegriffen wurde.

„Vielleicht bringt uns auch das nicht weiter, Carol", sagte er leise.

„Wir haben nicht gerade eine Fülle von Anhaltspunkten", bemerkte sie, „und ich halte dich gern in Trab, Mark."

Als er zur Tür ging, sagte sie: „*Tod in Australien* – ich möchte, daß die Namen des Teams überprüft werden. Und zwar alle. Du wirst ein paar Querverbindungen zum Sender finden, weil einige Leute zu Shearings Filmproduktion gehören."

Er grinste sie an. „Und La Shipleys Team ebenfalls?"

„Warum nicht. Und Paul Crusoe, ihren Ehemann, ganz besonders."

„Reelle Chance", bemerkte Bourke. „Tatsächlich besteht eine gewisse Kunstfertigkeit in der Präsentation der Leichen."

Freitagabend. Der Himmel war dunkel, von fern grollte Donner. Blitze zuckten am Horizont, wo sich schwarze Wolken ballten.

Sybil, in Jeans und altem T-Shirt, beäugte skeptisch, was sie gerade kochte. Carol schenkte großzügig Whisky ein. Jeffrey und Sinker beschwerten sich über mangelnde Beachtung.

„Spinnt nicht rum", sagte Carol zu den Katzen. „Eure innere Uhr ist wohl aus dem Takt. Essen gibt's erst in einer Stunde."

Das überzeugte die beiden keineswegs. Als sie die Katzennäpfe einsammelte, sagte sie zu Sybil: „Erzähl mir vom Klatsch bei den Dreharbeiten... Hat zum Beispiel jemand ein echtes Interesse daran, über den gelben Würger zu diskutieren?"

Sybil blickte vom Kochbuch auf. *Italienische Küche, leicht gemacht* behauptete zwar der Titel, doch Sybil hatte da leise Zweifel. „Das Thema ist aufgekommen. Schließlich sind die Nachrichten jeden Abend voll davon. Wieso?"

„Wäre ja möglich,", sagte Carol leichthin, „weil die Filmproduktion zu Shearings Medienkonzern gehört. Wir haben ermittelt, daß zwei von den Opfern mit dem Sender etwas zu tun hatten."

„Naja. Alice Fleming hat sich episch darüber verbreitet, aber das ist nichts Außergewöhnliches, weil sie sich mit Begeisterung in gepfefferten Skandalen suhlt."

„Was hat sie denn gesagt?"

„Nichts Neues. Größtenteils das, was sie aus der Zeitung oder aus dem Fernsehen weiß. Vor allem spekulierte sie genüßlich, was jemand wohl davon hat, wenn er Frauen umbringt."

Carol horchte auf. „Wie ist ihre Meinung?"

Sybil grinste. „Auf einen Nenner gebracht, würde ich sagen, die Motivation lautet: kleiner Pimmel, winzige Eier. Er hat einen Minderwertigkeitskomplex und kann keine Frau kriegen, deshalb rächt er sich an allen Frauen."

„Paßt die allgemeine Beschreibung auf einen der Männer, mit denen du arbeitest?"

Sybil kicherte. „Ein mangelhaft ausgestatteter verrückter Frauenfeind?"

Carol lächelte säuerlich. Sie dachte an Madelines ähnlich flippige Bemerkung. „Stranguliert zu werden, ist eine besonders schreckliche Art zu sterben. Und sein nächstes Opfer läuft vielleicht gerade herum und reißt Witze über den gelben Würger."

Sybil wurde ernst und griff sich unwillkürlich an die Kehle. „Ja, es ist furchtbar. Aber du glaubst einfach nicht, daß es dir passieren könnte oder einer, die du kennst."

Die Kater beklagten sich laut und erinnerten Carol an ihre Pflichten. Sinker lief zur Terrasse voraus, Carol folgte mit den gefüllten Näpfen, und Jeffrey sprang hinterher.

Der Wind blies heftig, bog die Bäume und wirbelte Äste und Eukalyptusblätter auf die Terrasse. In der Luft lag etwas Wildes, Elektrisierendes. Im Westen rollte der Donner am Himmel entlang, und die Katzen, die sich sonst so hingebungsvoll auf ihre Futternäpfe konzentrierten, zuckten nervös mit den Ohren und schlugen mit den Schwänzen.

„Es gibt einen Mordssturm", bemerkte sie beim Hereinkommen.

Das waren die Nächte, wie Krimiautoren sie lieben, in denen unbeschreibliche Dinge passieren, wenn Blitz und Donner für den dramatischen Hintergrund sorgen. Wieder beschlich Carol die leise Angst um Sybil. Sie sagte beiläufig: „Schatz, du läßt dich doch hoffentlich nie von irgendwem mitnehmen? Sei es Mann oder Frau?"

„Ist es ein Er?"

„Vermutlich. Mark und ich sagen zwar immer er oder sie, aber ich denke, wir beide gehen davon aus, daß es ein Er ist."

Dann erkundigte Carol sich nach ihrem Eindruck vom Team. Sybil skizzierte knapp die Charaktere, vermittelte ihren allgemeinen Eindruck und fügte hinzu: „Es kommt mir nicht so vor, als hätte jemand von ihnen nicht alle Tassen im Schrank – womit ich nicht sagen will, daß alle reizend und unverklemmt sind, aber niemand macht mir auch nur ansatzweise den Eindruck eines Psychopathen."

„Das muß auch nicht sein. Wahrscheinlich wirkt er nach außen hin wie ein ganz gewöhnlicher Mensch."

„Was mich auf die eher ungewöhnlichen Menschen bringt", sagte Sybil mit vielsagendem Grinsen. „Ripley Patterson hat mich für morgen abend nach der Hafenrundfahrt in sein Hotel eingeladen."

„Aha." Carol tat tief beeindruckt. „Eine solche Gelegenheit wirst du dir ja wohl kaum entgehen lassen."

Über den etwas spitzen Ton lächelnd erklärte Sybil: „Es geht um eine Party, nicht um meine bescheidene kleine Person. Ich weiß noch nicht, ob ich hingehe oder nicht; auf jeden Fall werde ich ablehnen, wenn du zu Hause bist..."

„Es ist eine Einladung. Wann gedenkst du Shearings Vergnügungsdampfer zu verlassen?"

„Gegen fünf, nehme ich an. Carol, du weißt, daß ich keine

Lust habe, den ganzen Tag im Hafen zu verplempern, wenn wir zusammen sein können, aber mal ganz abgesehen von der Tatsache, daß ich vergeblich versucht habe, mich da rauszuhalten, nehme ich ohnehin nicht an, du könntest dir den Luxus erlauben, diesen Samstag zu Hause zu verbringen."

Carol seufzte. „Ich nehme mir schon Sonntag frei, weil David Geburtstag hat. Mark Bourke arbeitet das ganze Wochenende durch und viele andere auch. Wenn du morgen nach Hause kommst, bin ich bestimmt hier, aber du weißt ja, wie das bei solchen Ermittlungen ist..."

Sybil gelang es nicht, den vorwurfsvollen Unterton zu unterdrücken. „Wie oft hast du schon gesagt, daß du zu Hause sein wirst, und dann rufst du an und sagst: ‚Tut mir leid, es ist was dazwischengekommen.'"

Carol schlang ihr von hinten die Arme um die Taille, drückte sie zärtlich und sagte an ihrem Hals: „Wenn ich im Moment nicht pünktlich auf der Matte stehe, sehe ich dich überhaupt nicht mehr. Ständig bist du beim Drehen oder Unterrichten oder gondelst auf Propagandatour durch den Hafen."

Sybil drehte sich in ihren Armen um. „Bin ich denn so unvernünftig?" fragte sie. „Daß wir so wenig zusammen sind, gefällt mir gar nicht. Wir brauchen viel mehr Zeit füreinander."

Carol ließ resigniert die Arme sinken und wehrte den Anspruch ab. Warum mußte sie rechtfertigen, daß sie soviel Zeit in ihrem Beruf verbrachte? Mit Nachdruck erklärte sie: „Da draußen ist einer, dem das Morden gefällt. Es verschafft ihm Aufmerksamkeit. Es bläst sein Ego auf. Es gibt ihm das Gefühl von Wichtigkeit und Macht. Und schon bald wird er sich wieder aufputschen müssen und ein nächstes Opfer brauchen. Ich habe dir versprochen, heute abend mit dir zu Hause zu sein, hätten wir aber eine neue Spur entdeckt, wäre ich nicht hier."

Sybil wollte sich ganz offensichtlich auf dieses Argument, das sich ja so einfach anführen ließ, nicht einlassen. Sie fragte im Plauderton: „Du mußt einige in Verdacht haben. Ist die Liste der Verdächtigen inzwischen kleiner geworden?"

Carol stieß ein freudloses Lachen aus. „Aber sicher“, sagte sie, „sie ist etwa auf die Hälfte der Bevölkerung von Sydney zusammengeschrumpft. Und dabei ist nicht in Betracht gezogen, daß er vielleicht aus einem anderen Staat einfliegt, ein auserwähltes Opfer umbringt und wieder wegfliegt. Im Grunde ist es eine ziemlich lange kurze Liste, könnte man sagen.“

8

Als Sybil aufwachte, saß Carol aufrecht im Bett und telefonierte. Mit Wohlgefallen betrachtete sie die weiche, leicht gebräunte Biegung ihres Rückens, den Fall ihres blonden Haars, die markante Linie ihres Kiefers. Sie rollte hinüber und streichelte Carols Bauch.

Carol packte ihre Hand und hielt sie fest, bis sie das Gespräch beendete. Als sie den Hörer auflegte, sagte sie streng: „Sybil, ich wünschte, du würdest das lassen. Du kannst dir sicherlich vorstellen, daß ein Schrei der Ekstase mitten in einem Amtsgespräch besonders gut ankäme!"

„Wer war das? Und sag bloß nicht, der Premierminister."

„Mark."

„Er würde es verstehen."

Carol mußte lachen, aber sie war sich da nicht so sicher. Obwohl er über Sybils und Carols Beziehung im Bilde war, hatte sie doch immer das Gefühl, es bringe ihn leicht in Verlegenheit. Er machte sich über vieles lustig, riß aber nie Witze über lesbische Frauen, zumindest nicht in ihrer Hörweite. Als er ihr gerade berichtet hatte, Mr. und Mrs. Harvey hätten ihn schamrot darüber aufgeklärt, daß ihre Tochter lesbisch war, klang er dabei verklemmt und verlegen.

Sie suchte eine Nummer und wählte. „Madeline? Hier ist Carol Ashton. Habe ich Sie geweckt? Ich möchte Sie um etwas bitten..."

Sybil setzte sich auf den Bettrand und sah, wie Carol die Stirn runzelte. Mittlerweile verstand es Sybil recht gut, ihren Gesichtsausdruck zu deuten. Heute morgen war sie distanziert, konzentriert und nicht gewillt, sich in ihrer Aufmerksamkeit irritieren zu lassen. Sybil verdrängte den Gedanken ans Schmusen, stand auf und ging in die Küche, um die Kaffeemaschine in Gang zu setzen. Dann fütterte sie die Tiere, überwiegend Elstern und Rieseneisvögel, die sich zum Frühstück eingefunden hatten.

Das Gewitter der letzten Nacht hatte die Luft gereinigt, die Terrasse lag voller Eukalyptusgeäst. Der sonst blaugrüne Wasserspiegel des Hafens tief drunten wirkte khakifarben vom Schlamm, der von den Steilhängen gewaschen worden war. Sie streckte sich zufrieden in der frühen Morgensonne und freute sich auf einen freien Tag auf dem Wasser.

Carol kam zu ihr nach draußen, ihr schwarzer Kimono betonte den Kontrast ihres Blondhaars. „Ich gehe heute mit dir aufs Schiff... genau gesagt eigentlich nicht mit dir, sondern als Madelines Gast... und es wäre mir lieb, wenn du mich nicht..."

Sybil gab sich keine Mühe, ihren Ärger zu verbergen. „Schon gut. Wir werden einander nicht kennen." Carols nachsichtige Miene machte sie nur noch wütender. „Weißt du", brauste sie auf, „wir könnten ja auch befreundet sein. Nur weil wir uns kennen, müssen wir nicht zwangsläufig ein Liebespaar sein."

„Sybil, es besteht durchaus die Möglichkeit, daß der Serienmörder an Bord ist. Er weiß, daß ich die Mordfälle untersuche. Ich will auf keinen Fall, daß er dich mit mir in Verbindung bringt. Das wäre allzu gefährlich."

Durch die Erklärung besänftigt fragte Sybil: „Du hast eine heiße Spur? Einen Namen?"

Carol schüttelte bedauernd den Kopf. „Nicht einen, sondern viele Namen. Und Querverbindungen zu zwei Opfern, mindestens – könnte auch eine Sackgasse sein, aber ich will ihnen auf neutralem Boden begegnen, wo keine offensichtliche Bedrohung existiert."

„Carol, dich kennen doch alle. Wenn er auf dem Schiff ist, wird er auf der Hut sein. Er wird wissen, daß du dort bist, weil du ihn suchst."

„Ganz und gar nicht. Madeline wird erklären, daß ich als Beraterin für die neue Krimiserie einsteige, die sie für Wilbur Shearings Fernsehsender produziert. Ich werde nur aus Reklamegründen dort sein.

Sybil merkte, wie sehr diese Überraschung sie verletzte, daß Carol es zuvor mit keinem Wort erwähnt hatte, und so fragte sie, um Zeit zu gewinnen: „Ist das eine Tatsache?“

„Daß sie mir angeboten hat, bei ihrer neuen Serie mitzuwirken? Ja. Aber ich glaube kaum, daß ich annehmen werde. Es ist eine willkommene – und nachprüfbare – Tarnung. Deshalb nutze ich sie.“

Der weißgestrichene, aluminiumglänzende Katamaran, der beeindruckend im Sonnenschein lag, hatte am Kirribillikai festgemacht, auf beiden Seiten stand in Kursivschrift der Name *Spirit of the Wind V.*

Es war ein herrlicher Tag, die Sonne ließ den Hafen von Sydney noch schöner erscheinen und schuf eine angenehme Wärme. Yachten, Fähren, schwerbeladene Containerschiffe fuhren auf ihrem Kurs dahin, Möven segelten kreischend über dem Wasser, und ein paar weiße Wolken vertieften das Blau des Himmels.

„Wir fahren am besten getrennt“, hatte Carol zu Sybil gesagt und war vor ihr von Seaforth nach Hunter Hill zu Madelines Haus gefahren, um sie dort abzuholen. Die beiden fuhren zusammen in die Stadt zum Anleger Man of War gegenüber der Oper auf der Südseite des Hafens.

Auf der nördlichen Seite parkte Sybil neben den anderen Teamfahrzeugen bei den gewaltigen Steinpfeilern der Harbour Bridge, und alles schlenderte zum Kirribillikai.

Als sie den Wagen abschloß, legte Luke West ihr den Arm um die Taille. „Syb! Kommen Sie, zwitschern Sie heute mal einen mit mir, ja?“

Charlie Date, der hinter ihr geparkt hatte, strich sich den Schnauzbart und wartete auf sie. Statt des üblichen lässigen Hemdes und der weiten abgewetzten Hose trug er heute einen

Jeansoverall, der irgendwie nicht zu seiner Figur zu passen schien. Daneben wirkte Luke West in seinen maßgeschneiderten Shorts und den langen Socken richtig herausgeputzt.

Die beiden nahmen sie in die Mitte, als sie zum Kai hinuntergingen, und der Gegensatz zwischen den beiden gab ihr ein komisches Gefühl.

Sie schaltete innerlich auf Automatik und reagierte mechanisch auf Lukes Geplänkel, während sie anerkennend das Stadtbild betrachtete. Durch ihre Arbeit beim Film hatte sich ihr Sehen verändert, ihre Augen waren kritisch geworden. Jenseits des funkelnden blauen Wassers wirkten die Gebäude von Sydney wie eine Miniaturausgabe von New York, und über den riesigen Sandsteinpfeilern am Weg spannte die Harbour Bridge ihre grauen Metallrippen in den blauen Himmel. Der wartende Katamaran mit seinen klotzigen, funktionalen Linien erinnerte sie an ein Raumschiff.

Der Kreuzer war zu geschäftlichen Zwecken wie ein perfektes schwimmendes Restaurant mit Konferenzräumen ausgestattet. Shearings Schiffe hießen allesamt *Spirit of the Wind*, egal, wie groß sie waren und welche Funktion sie hatten. Sybil fiel ein, daß die Yacht *Spirit of the Wind III* vor einigen Jahren die Hochseeregatta von Sydney nach Hobart gewonnen hatte.

Ein überschwenglich jovialer Wilbur Shearing empfing seine Gäste an der Gangway. Er achtete genau auf den Eindruck, den er den handverlesenen Pressevertretern und Werbefachleuten vermittelte, die er versammelt hatte. Sybil erkannte neben ihm Madeline Shipley, die sie forschend ansah, dann lächelte und sagte: „Sybil Quade. Ich freue mich, Sie kennenzulernen. Carol hat Sie mit keiner Silbe erwähnt."

Sybil wußte, daß Charlie und Luke hinter ihr standen und zuhörten. Höchst verwirrt entgegnete sie brüsk: „Wieso sollte sie auch?"

Madeline deutete mit einem Händeschütteln ihr höfliches Erstaunen über Carols Unterschlagung an. „Sybil, es wäre mir so eine Freude, wenn Sie bald mal mit Carol zu uns zum Essen kommen. Paul, mein Mann, ist heute zwar nicht hier – er findet Anlässe wie diesen unerträglich –, aber ich weiß, daß er sich ebenso freuen würde wie ich, Ihre Bekanntschaft zu machen."

Sybil hatte ihre Fassung wiedergewonnen. „Ich war etwas erschrocken, daß Sie mich kennen. Ich kann mir keinen Reim darauf machen", sagte sie freundlich.

„Ich fürchte, ich habe ein gutes Gedächtnis für Leute, die in den Nachrichten erscheinen..."

Sybil dachte: Ist sie nun zu höflich hinzuzufügen, daß ich eines Doppelmordes verdächtigt wurde, oder nimmt sie mich bloß auf den Arm?

Ein Trupp Leute kam die Gangway herauf, und so murmelte Sybil ein paar höfliche Worte und ließ sich von ihnen forttreiben. Als sie sich umblickte, sah sie, daß Madeline ihr mit einem rätselhaften Lächeln nachschaute.

Luke unterhielt sich angeregt, aber Charlie folgte ihr auf dem Fuße. „Wer ist Carol?" fragte er.

„Eine gemeinsame Freundin", antwortete Sybil vage und so beiläufig wie möglich. Mit einer Entschuldigung ließ sie ihn stehen und drängte sich durch die Menschenmenge. Sie sah sich nach Carol um, konnte sie aber nicht entdecken. Was sollte sie tun? Carol warnen? Gar nichts tun?

Alice zog sie am Arm. „Syb, kommen Sie, trinken Sie Champagner mit uns! Er ist umsonst und außerdem französisch – was will man mehr?"

Sybil beschloß, nur dann mit Carol zu sprechen, wenn sich eine einfache Gelegenheit bot, verdrängte ihre dumpfe Angst und ließ sich mitziehen.

Wilbur Shearing hielt jetzt eine Rede. Angestellte brachten die Gäste zum Schweigen, die unaufmerksamerweise in ihre Privatgespräche vertieft waren, die Bedienung hinter der Bar nutzte die Gelegenheit, sich auf die verchromte Theke gestützt auszuruhen, Fotografen knipsten eilfertig.

„Meine Damen und Herren... oder sollte ich sagen, denn

schließlich ist der Medienkonzern Shearing ein Verfechter der Chancengleichheit, Männer und Frauen..."

Er machte eine Pause, bis das höfliche Gelächter verklungen war, das an dieser Stelle vom Publikum erwartet wurde, bevor er mit seiner Rede begann. Er dankte den verschiedenen Vertretern der Print- und elektronischen Medien für ihr Erscheinen, überging die der eigenen Gesellschaft, die nicht mit herzlichen Worten für besondere Leistungen gelobt und bestärkt werden mußten. In höchsten Tönen pries er die Unabhängigkeit des australischen Rundfunks, der ein Team geschickt habe, um die Hafenrundfahrt zu filmen, da er Material für eine Sendung sammle, die zeigen solle, wie die Australier Australien in der Welt verkaufen – und sei das nicht eine gute Sache.

Shearings Gesten wurden immer ausladender, seine Rede leidenschaftlicher, als er aufzählte, was er persönlich – wie es schien eigenhändig und allein – zur Wiederbelebung der australischen Filmindustrie geleistet habe. Er stellte Vic Carbond als phantasievollen, kreativen Regisseur vor. Carbond, in seinem hellen, verknautschten und ziemlich schmuddeligen Anzug, murmelte ein paar unverständliche Worte und wandte sich wieder seinem Bier zu.

Nun folgte die Starparade. Zuerst Mirabelle Stone in einem tollen winzigen Fummel, die ein paar belanglose Sätze von sich gab; dann Malcolm Murtry, der eine hautenge Lederhose und ein rotes, weitaufgeknöpftes Hemd trug, so daß niemand seine herrliche Bräune übersah. Er holte zu einer langen Rede über seinen persönlichen Beitrag zur australischen Schauspielkunst aus, wurde aber von Shearing beiseitegedrängt, der nun genüßlich seine Trumpfkarte ausspielte und den internationalen Filmstar Ripley Patterson vorstellte.

Ripley, in makellosen weißen Jeans und Matrosenhemd, gab eine glänzende Vorstellung, wie wohl schon x-mal zuvor. Charmant und bescheiden erklärte er mit seiner volltönenden attraktiven Stimme, wie sehr ihm Australien gefalle, wie gern er in Australien arbeite und daß er Australien als seine zweite

Heimat betrachte. Er lobte die technischen Möglichkeiten der hiesigen Filmindustrie, wobei er einen dankbaren Blick auf die Mitglieder seines Filmteams warf.

„Ist er nicht toll!" flüsterte Alice Fleming in Sybils Ohr. „Ich finde ihn einfach hinreißend! Was für ein Mann!"

Ein Gemurmel entstand, als Madeline Shipley sich jetzt erhob. Locker, doch selbstbeherrscht stand sie da in ihrem moosgrünen, golddurchwirkten Overall, der an anderen vielleicht ein wenig zu exzentrisch ausgesehen hätte, an ihr aber eine lässig-elegante Note hatte.

Helen Tolsten neben ihr war auf dem Sprung, ihr die Notizen oder ein Glas Wasser zu reichen – was immer Madeline vielleicht brauchte. Madeline brauchte nichts. Sie zog das Publikum sogleich in ihren Bann, sprach mit klaren, witzigen, prägnanten Worten über die Unterhaltungsindustrie im allgemeinen und den Medienkonzern Shearing im besonderen, ging am Ende ihrer Rede auf die von Shearings Sender produzierte neue spannende Serie ein, über die sie jetzt noch keine Einzelheiten herauslassen könne, die offizielle Ankündigung erfolge aber, so hoffe sie, in wenigen Wochen, nur soviel wolle sie jetzt schon sagen: Sie und Wilbur Shearing seien zuversichtlich, daß die Kriminalkommissarin Carol Ashton, die heute auf dem Schiff anwesend sei (Köpfe drehten sich nach Carol um, die die Blicke ignorierte und ihre Augen höflich auf die Sprecherin gerichtet hielt), ihnen künftig als Beraterin bei der aufregenden Serie zur Verfügung stehe.

Nun verkündete Wilbur Shearing, daß gleich das Bufett eröffnet werde. Woraufhin das Personal hinter dem Tresen strammstand und den Ansturm auf die Bar erwartete, da während der Reden kein Alkohol ausgeschenkt worden war.

Carol lächelte Ripley Patterson verhalten an. „Sie waren schon öfter in Australien?" erkundigte sie sich im Plauderton.

Er bejahte und erzählte ihr unterhaltsam davon. Währenddessen musterte Carol ihn. Sie spürte, daß er seine Rolle als

Ripley Patterson, der Filmstar, spielte, aber ohne großes Engagement. Seine Begeisterung klang eher gedämpft, eine Spur Langeweile schwang in seinen Bemerkungen über die großen Gelegenheiten mit, die Australien ihm bot.

Einschließlich der Gelegenheit zum Morden? fragte sich Carol.

Bourke hatte Ripleys verschiedene Reisen nach Australien unter die Lupe genommen. Patterson war nicht nur bei jedem Mord im Land gewesen, sondern auch jedesmal in Sydney. Bourke hatte morgens am Telefon noch hinzugefügt: „Jede Menge öffentlicher Klatsch über seine diversen Affären mit Models, aber es geht das Gerücht um, daß er eine Schwuchtel ist."

Als Carol ärgerlich schnaufte, räusperte er sich und erklärte: „Habe ich Schwuchtel gesagt? Ich meinte natürlich homosexuell, Carol. Jedenfalls wenn er homosexuell ist, mag er Frauen vielleicht nicht. Los Angeles hat uns was Interessantes geschickt. Filmstar Ripley stand unter Anklage, eine Frau bedroht zu haben – das war noch vor seiner großen Zeit. Zweimal. Ich warte noch auf die Einzelheiten, doch das sieht für den Anfang schon vielversprechend aus, nicht wahr?"

Carol plauderte harmlos mit Ripley, beobachtete ihn aber genau. Er war, wie Mark beschrieben hatte, etwas kurz geraten, doch wohlproportioniert, und um seine Wespentaille hätte ihn jede Frau glatt beneidet. Er war gleichmäßig gebräunt, in seinen dunklen Augen funkelte das Lachen, und alles in allem war kaum vorstellbar, daß er irgendwen attackierte, schon gar nicht eine Frau.

Carol kannte die Archillesferse vieler Mörder: ihr Stolz. Besonders bei denen, die jedem Verdacht entronnen waren. Falls er der gelbe Würger war, wollte sie ihm Gelegenheit zur Genugtuung bieten. Sie fragte. „Sie leben in Los Angeles, glaube ich. Wie läßt sich das mit Sydney vergleichen? Haben Sie das Gefühl, in L.A. herrscht mehr Gewalt als hier? Ist es dort aufregender?" Noch ehe er antworten konnte, fügte sie lachend hinzu: „Seien Sie ehrlich, Ripley! Ich bin von der Kripo, nicht von der Presse."

Da mußte auch Patterson lachen. „Sie haben recht", sagte er, „ich weiß, was die Öffentlichkeit hören möchte... Wie sehr ich das Land liebe, die Leute, den Lebensstil... Was aber Australien anbelangt, entspricht das völlig der Wahrheit. Und, ganz offen gesagt, ich fühle mich hier in Sydney sicherer als zu Hause."

„Verbrechen gibt es hier auch."

„Ja, und manchmal sehr absonderliche. Sie arbeiten doch an dem Würger-Fall, stimmt's?"

Ach, dachte Carol, willst du etwa über den gelben Würger reden? Sie spielte mit dem Köder und sagte trübselig: „Ja, ich bin gerade erst auf den Fall angesetzt worden. Er ist sehr gerissen, oder er hat großes Glück. Wir sind ihm nicht im Entferntesten auf der Spur."

Er reagierte ganz richtig – mit Interesse, sogar Faszination, doch ohne klammheimliches Frohlocken, soweit sie das spürte, ohne hämische Überlegenheit.

„Entschuldigen Sie, daß ich unterbreche", sagte Helen Tolsten unvermittelt, „aber Madeline möchte Sie mit Vic Carbond bekanntmachen."

Und Madelines Wunsch ist dir Befehl, dachte Carol, während sie der energischen, selbstbewußten Helen folgte.

Sybil war dem Geschwätz und gekünstelten Wohlwollen entronnen und genoß den Wind in den Haaren und den beruhigenden Blick aufs Wasser, das die beiden riesigen Metallkiele des Schiffes zerschnitten und aufwühlten.

Sie war allein auf dem Achterdeck, denn es wehte eine kühle, salzige Brise. Der Katamaran glitt elegant dahin, überholte mühelos andere Schiffe. Sie kniff im Wind die Augen zusammen und betrachtete voller Freude, wie sich See, Himmel und Landschaft veränderten. Irritiert merkte sie, daß man sie aufgestöbert hatte.

„Syb", sagte Luke West mit ernstem Gesicht, „als wir an Bord kamen, habe ich gehört, daß Madeline Shipley sagte, Sie wären mal in den Nachrichten gewesen."

Sybil bemühte sich, keine Regung zu zeigen.

Luke fuhr fort: „Ich wollte Ihnen nur sagen, daß ich den Mund halten werde, vor allem Alice gegenüber. Als ich Sie das erstemal sah, habe ich Sie gleich erkannt... Der Fall wurde im Fernsehen ja ziemlich ausgewalzt. Mich wundert, daß niemand sonst drauf gekommen ist, wer Sie sind."

„Das ist eine alte Geschichte", sagte sie in gleichgültigem Ton.

„Ja, vielleicht. Aber ich kann mir gut vorstellen, was Alice daraus machen würde, Sie etwa nicht?"

Sie sah ihn scharf an, fragte sich, ob er sich an der Möglichkeit einer sanften Erpressung weidete und gleich mit dem Vorschlag rausrückte, daß sie ihm vielleicht einen Gefallen tun könne. Doch er hielt ihrem Blick mit unschuldiger Anteilnahme stand.

„Es ist schwer, nicht wahr? Irgendwer, irgendwo, wird sich immer erinnern."

Sie gab einen nichtssagenden Laut von sich, damit er das Thema wechselte.

„Ich hasse sie", sagte er, „diese Blutsauger, die vom Elend anderer Leute leben."

Carol vermied es, Vic Carbond die Hand zu schütteln. Sie hatte die Akte über ihn gelesen und kannte die Details seines schäbigen Lebens. Er hatte unbestreitbar Talent, doch hatte er dieses Talent auch dazu verwandt, einen Haufen obszöner Filme zu machen, und sich oftmals junger illegaler Einwanderer beiderlei Geschlechts bedient. Er war nie angeklagt worden, war niemals so richtig auf den Bauch gefallen, aber er stand in dem Ruch, korrupt zu sein, ein Ausbeuter der bestialischen Seite menschlicher Natur. Interessanterweise hatte Carbond Madeline gebeten, ihn mit Carol bekanntzumachen. Nach einigem Vorgeplänkel war ihr klar, warum.

„Sie sind mit dem Fall des gelben Würgers befaßt", sagte er.

Sie nickte kühl. Er strich sich durch das fettige Haar. „Interessant", sagte er. „Serienmord. Die Leute mögen sowas. Aber keine Vergewaltigung, stimmt's?"

Sie dachte, daß er das Fehlen dieser extremen Gewalt vielleicht bedauerlich fände. „Nein", antwortete sie bestimmt.

„Ich bin an einem Filmprojekt interessiert – wenn Sie ihn haben, natürlich. Erinnern Sie sich an den Film über den Würger von Boston? Ich denke an ein ähnliches Konzept. Da ist für uns beide was drin, Kommissarin. Was ich meine, ist, Sie geben mir die Informationen, all die Sachen, wissen Sie, die nicht in der Presse stehen, den Zündstoff. Und ich bezahle Sie als Beraterin. Ihr Name muß ja nicht genannt werden. Es braucht niemand zu erfahren, wenn Sie es so wollen." Er hielt inne. „Wissen Sie, was ich meine?"

Sie wußte genau, was er meinte. Sie verkniff sich die bissige Bemerkung, die ihr auf der Zunge lag, und fragte freundlich: „Sie interessieren sich also besonders für den gelben Würger. Wieso?"

„Ich sagte es schon. Den Leuten gefällt sowas. Und es gefällt ihnen, wie er die Bullen an der Nase rumführt. Sich über sie lustig macht."

Ihr war nicht ganz klar, ob seine Schadenfreude über das Versagen der Polizei aus seiner eigenen Lebenserfahrung, ständig mit einem Fuß im Knast zu stehen, herrührte. Falls er aber der gelbe Würger war, würde ihm dieses Gespräch einen unvergleichlichen Kick geben – in aller Öffentlichkeit und völliger Sicherheit mit der Chefin der Ermittlungstruppe, die ihn jagte, darüber zu reden, wie er sie zum Narren hielt.

Sie nahm sein Angebot nicht an. Sie lehnte es auch nicht ab. Sie unterhielt sich höflich weiter mit ihm, bis Helen Tolsten kam, die sie weglotste.

„Ich erlöse Sie", sagte Madeline und öffnete achtern die Tür zu einer kleinen Privatkabine. „Dies ist Wilburs Höhle, aber er ist draußen und seift die Medien ein, so gut er kann. Also haben wir sie ganz für uns."

Carol folgte ihr in den kleinen luxuriös eingerichteten Raum. Madeline reichte ihr einen Drink von der Bar in der Nische, und die beiden machten es sich in den gepolsterten Drehsesseln bequem.

„Ich will lieber gleich etwas klarstellen, bevor Sie mit Ihrer Sybil reden", sagte Madeline in selbstzufriedenem Ton.

Bei der Art, wie sie „Ihre" betonte, wurde Carol hellhörig, ließ sich aber nichts anmerken.

Madeline runzelte schmunzelnd die Stirn. „Na, kommen Sie, tun Sie wenigstens einmal so, als seien Sie enorm beeindruckt!"

„Worüber?"

„Daß ich mich erinnere, wer Sybil Quade ist."

Carol rührte sich ungeduldig, höchst alarmiert. Sie sagte kühl: „Ich bezweifle, daß Sie sich an Sybil erinnern. Ich glaube eher, daß Sie Nachforschungen über mich angestellt haben. So ist es doch, oder?"

Madeline lächelte zerknirscht. „Sie haben recht, aber, Carol, das tun Sie doch auch ständig – Nachforschungen über Leute anstellen, meine ich."

Erbost darüber, daß Madeline sie so in die Enge trieb, entgegnete sie brüsk: „Ermittlungen über Leute anzustellen, ist schließlich mein Beruf."

„Meiner auch."

Hast du alles ausgegraben? dachte Carol. Daß ich mich in eine Frau verliebt, meinen einflußreichen Mann und meinen Sohn verlassen habe? Was für eine hübsche Geschichte für deine verdammte Sendung! Sie sagte verächtlich: „Falls Sie nicht vorhaben, ein Exposé über mein Leben zu machen, haben Sie es aus Neugier getan."

„Sind Sie sauer auf mich?"

„Ich bin kreuzwütend", sagte sie dumpf.

Madeline beugte sich vor, legte beschwichtigend die Hand auf Carols Arm und sagte im Brustton der Überzeugung: „Carol, ich habe nicht die Absicht, öffentlich auszuposaunen, daß Sie in einer lesbischen Beziehung leben."

„Vielen Dank, das ist zu gütig."

Ihr Ton klang so bitter, daß Madeline wirklich überrascht war. „Ich dachte, wir wären Freundinnen..."

Das ist wohl ein Sport für dich, dachte Carol. Sie fragte: „Haben Sie Helen Tolsten auf die Schnüffelei angesetzt?"

„Ja. Ich habe keine Zeit..."

Carol leerte ihr Glas, stand auf, stellte das Glas mit Nachdruck auf den polierten Tisch. Am liebsten wäre sie Madeline Shipley an die Gurgel gegangen oder hätte ihr sämtliche Knochen gebrochen.

Statt dessen verließ sie wortlos den Raum und zog die Tür fest hinter sich zu.

„Kommissarin? Kommissarin Ashton?"

Carol blieb stehen und drehte ihrem Zorn die Flamme ab.

„Ich bin Malcolm, Malcolm Murtry. Ihr Inspektor Bourke war gestern bei mir. Wegen des Videobandes. Ich kannte Maria Kelly, wissen Sie?"

„Natürlich. Was kann ich für Sie tun, Mr. Murtry?"

Malcolm sah sie erstaunt an. „Naja", sagte er, „ich dachte, Sie würden mich suchen. Mich selber fragen wollen, persönlich."

„Inspektor Bourke hat Sie gestern befragt. Haben Sie dem, was Sie ihm erzählt haben, etwas hinzuzufügen?"

„Aber Sie haben doch das Sagen, oder nicht? Ich meine, ich hab' im Fernsehen gesehen, daß Sie die Sache jetzt in die Hand nehmen. Stimmt das denn nicht?"

„Ich bin für die ganzen Ermittlungen verantwortlich. Ja, das stimmt."

Er war sichtlich enttäuscht. „Also wollen Sie nicht mit mir reden?"

„Ihr Eindruck würde mich schon sehr interessieren, Mr. Murtry..."

Das reichte als Aufforderung. „Naja", sagte er und zog sie

am Arm beiseite, „ich fing damals erst an... natürlich hatte ich vorher schon Sachen gemacht, aber mein Agent, Tim Ogly..." Er machte eine vielsagende Pause, wahrscheinlich sollte Carol über seine Verbindung zu diesem Agenten tief beeindruckt sein, und fuhr dann fort: „Er war auch Marias Agent, ich schätze, das wissen Sie schon – jedenfalls sagte er, diese Rolle sei mir..."

Carol ließ ihn reden, und er verbreitete sich in allen Einzelheiten über seine Karriere, während sie im Geist noch einmal Maria Kellys Akte durchging. Sie konnte sich nicht an einen Agenten erinnern, doch die enorme Flut an beziehungslosen und meistens unwichtigen Fakten über ein Mordopfer konnte wertvolle Bruchstücke verbergen. Ihr Interesse war geweckt, und sie befragte ihn nach *Krimizeit*.

„All diese Fragen habe ich doch schon beantwortet", protestierte er.

Schließlich gelangte er offenbar zu dem Schluß, Carols Möglichkeiten seien erschöpft, und machte Anstalten zu gehen. Sie fragte beiläufig: „Die anderen Opfer des gelben Würgers – kannten Sie eines von ihnen?"

„Kennen nun nicht gerade. Die Alte habe ich einmal im Fernsehen gesehen, bevor das alles passiert ist."

„Die Alte? Meinen Sie etwa Narelle Dent? Sie war dreiunddreißig."

Er grinste ein wenig verlegen. „Ja, nun, für mich ist das ziemlich alt. Jedenfalls war sie Kontrolleurin oder sowas."

Carol horchte auf. „Sie meinen, sie war im Fernsehen, bevor sie umgebracht wurde, bevor ihr Mord durch die Medien ging?"

„Ja, das stimmt. Ich weiß noch, daß ich überrascht war, als ich sie wiedersah... Als sie tot war, wenn Sie wissen, was ich meine..."

„Wieso war sie im Fernsehen? Was für eine Sendung war das?"

Er zuckte die Achseln. „Was weiß ich. Jedenfalls war sie keine Schauspielerin. Hätte sie in einem Film oder so mitgespielt, würde ich mich erinnern."

Carol bohrte nach, aber das brachte sie nicht weiter. Malcolm war sicher, daß er Narelle Dent gesehen hatte, konnte sich aber partout nicht erinnern, in welchem Zusammenhang. Bald fühlte er sich gelangweilt, da sich das Thema nicht um ihn drehte, und Carol ließ ihn gehen.

„Noch eine Frage..." sagte sie zum Schluß, „fahren Sie Auto?"

„Naja, für einen Führerschein bin ich noch nicht alt genug, wenn Sie das meinen."

„Können Sie fahren?"

Malcolm lachte großspurig. „Was glauben Sie denn? Klar, kann ich."

9

Carol entdeckte Sybils Rotschopf in der Menge, die am Kirribillikai den Katamaran verließ. Als Sybil sich zum Schiff umsah, hob Carol unwillkürlich die Hand, um ihr nachzuwinken, ließ sie aber auf halber Höhe fallen, denn plötzlich tauchte Wilbur Shearing neben ihr auf.

Sie plauderten über Gott und die Welt, während das Schiff in voller Fahrt den Hafen durchquerte und auf die Stadt zusteuerte. Er wirkte außerordentlich zufrieden mit sich, die ganze Unterhaltung war von seinem Eigenlob bestimmt. Carol ließ ihn reden, sie begnügte sich damit, ihn zu beobachten. Sie versuchte sich vorzustellen, er sei der Serienmörder. Aber sie konnte sich beim besten Willen nicht denken, daß er ein Doppelleben nötig hatte, denn er sonnte sich förmlich in seinem Leben im Rampenlicht. Eins hatte er jedenfalls mit dem Mörder gemeinsam: ein äußerst gesundes, wenn nicht monumentales Ego. Doch das war wahrscheinlich die Grundvoraussetzung für jeden erfolgreichen Unternehmer.

Als sie am Man of War anlegten, entschuldigte er sich, belächelte die Creme der Medien, die das Schiff verlassen wollte, und gesellte sich hinzu. Sie beobachtete vom Oberdeck, wie er eine Gruppe von ihnen über die Gangway die Treppe hinaufgeleitete und seine reichlich kurzen Beine ganz schön zu traben hatten.

Madeline ergriff Carols Arm, als sie gerade von Bord gehen wollte. „Carol, es tut mir sehr leid. Ich wollte Sie nicht auf die Palme bringen, nicht um alles in der Welt. Das war dumm und gedankenlos von mir, und ich hoffe, Sie werden mir verzeihen."

Carol trat einen Schritt zurück und sagte kühl: „Warum fanden Sie es dann notwendig, in meinem Privatleben herumzuschnüffeln?"

Madeline lächelte trübselig. „Vermutlich wird Sie die Antwort noch wütender machen, als Sie schon sind. Es ist einfach meine zweite Natur, eine Hintergrundrecherche anzufordern. Ich habe nicht weiter nachgedacht... Nun, um ganz ehrlich zu sein, ich war schon etwas neugierig, was Sie angeht. Ich nehme an, weil Sie eine hochkarätige öffentliche Persönlichkeit sind, aber niemals das Mindeste nach außen dringt, wer Sie wirklich sind."

„Jetzt wissen Sie es ja", bemerkte Carol bissig.

„Carol, von Wissen ist natürlich gar keine Rede. Ich kenne lediglich ein paar Details – nicht aber die Wahrheit über die reale Person hinter den Fakten."

Zynisch erwiderte Carol: „Und ich glaubte schon, Sie sammelten Material für eine Sendung mit mir... etwa unter der Schlagzeile: ‚Das geheime Leben einer Karrierefrau bei der Kripo'... Dabei war das Ganze nichts als freundschaftliches Interesse von Ihrer Seite."

Helen Tolsten nahte mit energischer Miene. „Madeline, da ist ein Gespräch für Sie – in Mr. Shearings Privatkabine –, es ist wichtig und privat."

Madeline nickte nur und sagte zu Carol: „Ich muß unbedingt mit Ihnen reden. Wir müssen dringend etwas besprechen. Ich werde Sie später anrufen, ja?"

Helen Tolsten starrte sie ausdruckslos an, dann folgte sie Madeline.

Carol fixierte sie mit zusammengekniffenen Augen. Sie merkte, daß ihre Wut um so tiefer saß, weil sie derart ohnmächtig war.

Im Büro erwartete Mark Bourke sie schon. Er wirkte erschöpft, die Müdigkeit vertiefte die Linien um seinen Mund. „Na, wie war's?"

„Interessant. Und genau wie du am Drehort von *Tod in Australien* habe ich das dumpfe Gefühl, heute eine Person gesehen zu haben, die mir aus irgendeinem Grund bekannt vorkommt. Du bist wohl inzwischen noch nicht drauf gekommen?"

Er deutete auf den Aktenberg auf seinem Schreibtisch. „Habe mir noch nicht darüber den Kopf zerbrochen. Ich hatte genug mit dem Papierkram zu tun."

„Apropos – was haben wir über Malcolm Murtry?"

„Malcolm Murtry, das jugendliche Sexsymbol? Nicht viel, er lebt ja noch nicht so lange."

„Wir hatten es schon mit jüngeren Mördern zu tun."

Bourke durchstöberte einen Aktenstapel. „Mag sein", sagte er, „aber noch keinen Serienmörder von diesem Kaliber. Obwohl es vermutlich immer ein erstes Mal geben muß, und ganz gewiß hat er das Ego."

„Er hat mir erzählt, daß er glaubt, er hätte Narelle Dent im Fernsehen gesehen, einige Zeit vor ihrem Tod, konnte sich aber nicht erinnern, in welchem Zusammenhang und wann das war."

Bourke schrieb eine Notiz auf seinen Block. „Gut, ich werde das nachprüfen. Hier ist alles, was wir bisher über unseren Knaben Malcolm herausfinden konnten..."

Malcolm Murtry, alias Dennis Malcolm Murtry, war vor fast sechzehn Jahren geboren worden. Seine Mutter hatte die Familie verlassen, als er drei war, und Malcolm und seinen älteren Bruder Shane bei seinem Vater zurückgelassen. Keiner der beiden Jungen war bisher straffällig geworden. Der Vater war ein schwer arbeitender Geschäftsmann, und beide Söhne lebten noch immer bei ihm. Shane war im Begriff zu heiraten und auszuziehen. Malcolm hatte sich für seinen zweiten Namen entschieden, als er zum erstenmal ins Showbusiness hineinschnupperte, nachdem ihm seine Tante, die in einer Werbeagentur arbeitete, einen Auftritt in einem Werbespot für Zahnpasta verschafft hatte.

„Er ist ja nicht gerade kometengleich am Ruhmeshimmel erschienen", bemerkte Bourke, „aber er ist ein hübscher Junge und hat sich einen Agenten gesucht und sich bei jeder Gelegenheit angedient. Dieser Film ist sein bisher größter Durchbruch."

„Ich möchte, daß du was über diesen Agenten in Erfahrung bringst. Er heißt Tim Ogly, und Malcolm sagte, er habe auch Maria Kelly vermittelt."

„Stimmt, Ogly hat sie vermittelt. Ich habe schon mit ihm gesprochen. Er hat eine eigene Agentur und betreut vor allem junge, noch unerfahrene Talente. Da gibt's nichts Zwielichtiges. Der Mann ist allenfalls ein kleiner Hochstapler."

Carol lehnte sich nachdenklich zurück. „Wer hat Malcolm Murtrys Werbefotos gemacht? Oglys Agentur oder ein freier Fotograf?"

„Na, das ist ein Gedanke, Carol. Du hoffst, es war Alissa Harvey, oder?"

„Ein Schuß ins Blaue, aber prüf das mal."

Sie ließ sich von Bourke die Einzelheiten des Gesprächs mit Alissa Harveys Eltern berichten. Mit den trauernden Verwandten von Mordopfern zu reden, gehörte zum Bedrückendsten und Anstrengendsten bei einer Untersuchung, und sie wußte, wie schwer es Bourke fiel, sich von dem Schmerz und Entsetzen zu distanzieren. Seine Stimme klang ausdruckslos, als er nun seine Fragen und ihre Antworten vorlas.

Alissa Harvey war die einzige Tochter der Harveys gewesen. Sie hatten noch einen jüngeren Sohn. Sie war in einer strenggläubigen Familie mit äußerst konventionellen Ansichten und strikten Moralbegriffen aufgewachsen. Daß Alice als talentierte Fotografin in ihrem Beruf erfolgreich war, hatten die Eltern zwar gern gesehen, es aber nur als Warteschleife bis zur Heirat und zum Kinderkriegen betrachtet.

Mit neunzehn erklärte Alissa ihnen, das sie lesbisch sei. Ihr Vater und ihre Mutter waren entsetzt und verwirrt. Was hatten sie falsch gemacht, daß ihre Tochter sich so gegen Gott versündigte. Sie redeten ihr zu, sie beteten, suchten sich professionelle Hilfe. Alissa weigerte sich stur zu widerrufen. Das ganze Thema wurde zum Anlaß für Konflikte und Schmerz, doch sie liebten ihre Tochter, und als sie zu Hause auszog, sahen sie sie weiterhin regelmäßig.

Mrs. Harvey hatte Bourke unter Tränen erklärt: „Alissa starb in Sünde. Bis zuletzt hielt sie das, was sie tat, für richtig. Mit der Zeit hätte sie sicher ein Einsehen gehabt, aber dieser Mann, der sie umgebracht hat, raubte ihr jede Chance, sich zu entwickeln und zu erkennen, wie sie sich gegen Gott versündigt."

Die beiden hatten Bourke gebeten, die Tatsache, daß Alice lesbisch war, möglichst nicht öffentlich zu machen. „Es geht um ihren Bruder John. Er ahnt im Grunde nichts von Alissas Leben. Ihr Tod hat ihn sehr erschüttert, und wenn er das jetzt erfährt... das könnte er nicht auch noch verkraften."

Bourke sagte nüchtern zu Carol: „Ich habe versichert, daß wir unser Bestes täten, ihnen aber nichts versprechen könnten. Ich erklärte ihnen, daß zu viele Menschen reden könnten – Freundinnen, Geliebte, Leute, die sich mit dem Wissen brüsten möchten..."

Carol sagte, und ihr wurde ganz unbehaglich, als sie merkte, daß eine Spur Heuchelei in ihren Worten lag: „Es wäre besser, sie würden es ihrem Sohn gleich und direkt sagen, als wenn er auf andere Weise erfährt, was mit seiner Schwester war. Was würde das ausmachen – wenn sie ihre Tochter geliebt haben..." Bestürzt fühlte sie, daß ihr Tränen in die Augen stiegen. Wie simpel und aalglatt das klang, was sie sagte – dabei ging es um eine junge Frau, die den Mut gehabt hatte, ihren Eltern die Wahrheit zu sagen.

Bourke schien nicht zu bemerken, wie sie die Fassung verlor. Er starrte erschöpft und niedergeschlagen vor sich hin. Als Carol das Thema wechselte und ihn nach Einzelheiten über Ripley Patterson fragte, hellte sich sein Gesicht auf. Er gab ihr eine Liste der Flüge des Filmstars nach Australien. „Patterson war letztes Jahr überwiegend in Sydney. Zuerst hat er ein paar

Folgen einer Geheimagentenserie abgedreht, dann etliche Werbefilme und zuletzt *Tod in Australien*."

„Hast du sämtliche Details über seine Vorstrafen?"

Bourke reichte ihr ein Telefax. „Steht alles drin. Nichts Überraschendes. Genau gesagt hat er ein paarmal eine Freundin geprügelt."

„Hast du nicht gesagt, er sei schwul?"

Bourke zuckte die Achseln. „Vielleicht mag er ja beides. Vielleicht hat er sie als Tarnung gebraucht. Vielleicht hat es auch einfach eine Weile gedauert, bis er dahinterkam, wo seine Interessen liegen."

Er sah weg, und ihr dämmerte plötzlich, daß er an ihre Ehe dachte und daran, daß sie sich später in Frauen verliebte.

Sie sagte scharf: „Mark, das ist doch lächerlich. Jedesmal, wenn du etwas sagst, das mit Homosexualität zu tun hat, wirkst du ganz verklemmt. Denkst du vielleicht, ich warte nur darauf, irgendwas in den falschen Hals zu kriegen – ich lauere nur darauf zu entdecken, daß du mir einen Seitenhieb verpaßt? Oder bringe ich dich etwa in Verlegenheit?"

Die letzte Bemerkung saß, und er sagte entrüstet: „Mich in Verlegenheit? Nein, nie!"

„Was ist es denn?"

Er schluckte, dann grinste er leicht. „Ich nehme an, ich reagiere auf dich. Ich habe ständig das Gefühl, du verkrampfst dich, sobald von diesem Thema die Rede ist. Vielleicht irre ich mich ja..."

Carol sah ihm direkt in die Augen. Ihr wurde klar, daß sie nicht mehr ausweichen konnte. „Du irrst dich nicht, Mark. Ich habe einfach Probleme, mich mit der Wahrheit zu konfrontieren, aber ich arbeite daran."

Ein langes Schweigen entstand, doch das war nicht peinlich.

„Ich habe einige Informationen über Paul Crusoes Geheimnummer", sagte Bourke schließlich. „Willst du sie hören?"

Bourke las ihr vor, wer alles die Nummer kannte: Crusoes Familie, Freunde, Berufskollegen und seine Frau natürlich.

„Madeline Shipley ist offenbar nicht geneigt, diese Geheimnummer irgendwem aus der Unterhaltungsbranche mitzuteilen", bemerkte er, „weil, so die eiserne Ms. Tolsten, sie ihre Privatsphäre schätzt. Da muß ich ja schon ein bißchen lachen, Carol, schließlich beruht die ganze Karriere von La Shipley darauf, im Leben anderer Leute herumzustochern, aber..."

„Also hat niemand vom Sender die Nummer?"

„Wilbur Shearing hat sie. Madelines Assistentin auch. Und da allesamt sich die Nummer notiert haben, wie Ferguson berichtete, wird es wahrscheinlich nicht allzu schwer sein, sie herauszukriegen, wenn es jemand drauf anlegt."

„Die Leitung wird natürlich überwacht."

„Klar. Aber er wird dort nicht wieder anrufen. Ich habe auch veranlaßt, daß Helen Tolstens Telefon abgehört wird und Wilbur Shearings Privatnummer."

„Wissen sie das?"

Bourke gähnte, rieb sich die Augen und sagte: „Natürlich nicht... unsererseits haben wir alles über Bord geworfen. Wenn wir irgendwas rausfinden, wird man es uns nachsehen."

Carol unterdrückte ihrerseits ein Gähnen, streckte sich und wünschte, sie könnte zu Sybil nach Hause gehen.

Bourke reichte ihr die Namensliste, die er ihr morgens schon am Telefon vorgelesen hatte. Darauf standen alle Leute, die für Shearings Fernsehsender gearbeitet hatten, dann zu seiner Filmproduktion überstellt wurden und zum Team von *Tod in Australien* gehörten. Typischerweise hatte er sie alle sauber in alphabethischer Reihenfolge aufgeschrieben: Vic Carbond, Charlie Date, Alice Fleming, Luke West. Außerdem hatte er vermerkt, daß Madeline Shipley an der Konzeption einer Serie mitwirkte, die Szenen aus diesem Film übernehmen wollte, und daß Malcolm Murtry als Schauspieler in mehreren Sendungen in Shearings Fernsehprogramm aufgetreten war.

„Das ist erst der Anfang", sagte er, „aber wir beide wissen so einiges über Vic Carbond – er hat ein paar äußerst riskante Dinge gedreht, vor allem unter moralischem Aspekt, ist aber nie belangt worden. Die anderen überprüfen wir noch. Und ein Team kümmert sich um ihre Alibis für Dienstagnacht, als Alissa Harvey umgebracht wurde. Sie haben an diesem Tag schon früh mit dem Drehen begonnen und gegen fünf aufgehört."

Er gab ihr kurz ein paar allgemeine Informationen: Charlie Date war mehrmals wegen Trunkenheit am Steuer verurteilt worden und einmal wegen Fahrerflucht nach einem Unfall. Ihm wurde für zwölf Monate der Führerschein entzogen, und er hatte einige saftige Strafen zu zahlen. Das schien ihn irgendwie ernüchtert zu haben; im letzten Jahr hatte er sich nichts zuschulden kommen lassen.

Bourke sagte: „Die psychologische Studie hat darauf hingewiesen, daß ein Psychopath ein ganzes Register leichter Vorstrafen haben kann."

„Ereigneten sich diese Fälle von Trunkenheit am Steuer vielleicht in der Zeit, als seine Ehe in die Brüche ging? Alice Flemings Version lautet, daß Charlies Frau ihn wegen einer anderen Frau verlassen hat. Hast du darüber was in Erfahrung gebracht?"

„Nicht das Geringste. Könnte vielleicht ein Grund sein, allgemein einen Haß auf Frauen zu haben. Wenn ich ihn verneh-me, bringt das nichts – ich werde mir seine Frau vorknöpfen."

Alice Fleming kam kaum in Frage. Sie war mit einem Angestellten im öffentlichen Dienst verheiratet und arbeitete seit mehr als fünfzehn Jahren in der Unterhaltungsbranche. „Sie ist ein Klatschmaul", sagte er, „kein böses, sondern mit Leib und Seele, sie gehört nicht zu denen, die sich ein gute Story durch die Wahrheit vermasseln lassen." Er grinste. „Außerdem ist sie Großmutter, insofern wäre es für die Medien ein gefundenes Fressen, wenn sich herausstellt, daß sie der gelbe Würger ist. Stell dir bloß mal die Schlagzeile vor! Zum Beispiel: Killer-Oma hat wieder zugeschlagen."

„Ich habe mir schon immer gedacht, daß deine außergewöhnlichen Talente in diesem Beruf wahrhaft vergeudet sind", bemerkte Carol trocken, „doch bevor du dich beim *Shipley Report* um eine Stelle bewirbst, hätte ich gern noch die anderen Informationen, die du bisher hast."

Luke West wurde nach dem Tod seiner Eltern von einer Tante und ihrem Mann aufgezogen. Er war für kurze Zeit mit einem Mädchen verheiratet gewesen, mit der er zur Schule gegangen war. „Der Junge von nebenan – diese Geschichte", sagte Bourke, „und das haute nicht hin. Keine Kinder, die eine Scheidung erschwert hätten, die übrigens erst Jahre nach der Trennung erfolgte. Sie beantragte sie, als sie einen kennenlernte, den sie heiraten wollte." Außer einigen Geschwindigkeitsübertretungen und falschem Parken lag nichts gegen Luke vor.

Carol nahm ihm die Mappen ab. „Was ist mit dem Fall Fernandez?"

„Bisher keine Fortschritte. Und ich habe auch noch keine Hintergrundinformationen über Paul Crusoe. Es ist nämlich Wochenende, Carol."

Sie schnitt eine Grimasse. „Mark, ich weiß, wieviel Arbeit das ist. Morgen hat mein Sohn David Geburtstag – er wird zehn. Ich verbringe den Morgen mit ihm und gehe mittags mit ihm essen. Am Nachmittag komme ich dann her."

„Du hältst dich wohl für unabkömmlich. Carol, wir brauchen dich hier bis Montag nicht. Nimm dir ruhig den ganzen Tag. Hör auf mich."

Sie lächelte ihn über den säuberlich gestapelten Aktenberg auf seinem Schreibtisch an. „Du glaubst, unser gelber Würger wird sich ebenfalls das Wochenende freinehmen?"

„Na klar. Die beste Zeit für Publicity ist ohnehin Mitte der Woche... und unser Typ ist einfach publicitygeil."

Als Carol heimkam, dämmerte es bereits. Es war still im Haus. Sinker begrüßte sie flüchtig im Vorgarten, Jeffrey lag unten auf der Steintreppe im Hof und rührte sich nicht. Er geruhte nicht mal, den Kopf zu heben, als sie auf die große Holzterrasse hinaustrat.

„Ganz offensichtlich habt ihr beiden Parasiten erst vor kurzem was zu fressen gekriegt", sagte sie säuerlich.

Sybil hatte ihr einen Zettel hingelegt: *Bin am Strand. Komme bald wieder.*

Carol schnippte nachdenklich an den Zettelrand. Es hatte Sybil immer ans Meer gezogen, wenn sie Kummer hatte. Sie war eine phantastische Schwimmerin und stürzte sich selbst bei rauher See in die Wellen.

Carol empfand Schuldgefühle, nahm Sybil andererseits aber übel, daß sie sie nicht gewarnt hatte. Warum hatte sie ihr nicht gesteckt, daß Madeline von ihrer Beziehung wußte? Auf dem Katamaran hatten sie sich schließlich einige Male gesehen, auch wenn sie so getan hatten, als würden sie sich nicht kennen. Sicher, darauf hatten sie sich ja vorher geeinigt – oder besser gesagt, sie selbst hatte es ausdrücklich so gewollt, wie sie zugeben mußte.

Sie wußte, daß es Sybil gar nicht gefiel, ihre Beziehung zu verheimlichen. „Es ist ja nicht so, als hätte ich die Absicht, es fremden Leuten auf der Straße auf die Nase zu binden oder mit einem Transparent in der Stadt rumzulaufen", hatte Sybil gesagt. „Ich will dir das Leben nicht schwer machen, mir allerdings auch nicht. Zumindest einen Ansatz von Ehrlichkeit. Aber du bist ja nicht mal bereit, mit mir darüber zu reden, oder?"

Natürlich hatte Carol das Thema gewechselt, sich genauso wie früher davor gedrückt. Sie hatte es in die Schublade „zu problematisch" gepackt, ignoriert, und dort lag es noch immer – ungelöst.

Einmal hatte sie auf eine verletzende Bemerkung reagiert: „Für dich ist die Sache einfach, nicht wahr, Sybil? Du stehst nicht in der Öffentlichkeit. Du hast nicht jeden Tag mit Leuten zu tun, die nichts lieber täten, als dich fertigzumachen und dieses Wissen gegen dich zu verwenden."

Sybil schien sich die Antwort sehr leicht zu machen. „Sie können es doch nur gegen dich verwenden, wenn sie wissen, daß du es unbedingt verbergen willst."

„Ich verberge es nicht. Ich ignoriere es."

Nach solchen Auseinandersetzungen zog Sybil sich zurück, panzerte ihr Lachen und ihre Zärtlichkeit mit höflicher, kühler Gleichgültigkeit, die Carol viel wütender machte, als es eine direkte Auseinandersetzung vermocht hätte.

Das lästige Klingeln des Telefons unterbrach ihre quälenden Gedanken.

„Carol? Hier ist Madeline. Ich muß Sie unbedingt sprechen – es ist sehr wichtig."

Carol kochte so, daß ihre Hand zitterte. „Sie pfeifen, und ich springe. Ist es das?"

Madeline protestierte schwach: „Carol, Sie verstehen das alles falsch. Ich bin keine Bedrohung für Sie."

Plötzlich fühlte sich Carol erschöpft und niedergeschlagen. „Ich kann Sie erst Montag treffen. Wenn es um den Fall geht, ist Mark Bourke morgen zu erreichen, oder Sie können es mir auch jetzt sagen, am Telefon."

„Carol, ich muß Sie wirklich sehen. Haben Sie morgen denn gar keine Zeit?"

Madeline klang überzeugend, ihre Stimme schmeichelnd. Carol biß die Zähne zusammen. Je eher sie Madeline traf, desto eher würde sie erfahren, was Madeline vorhatte, falls sie etwas im Schilde führte. „Ich gehe morgen mit meinem Sohn aus, er hat Geburtstag. Ich werde Sie anrufen, wenn ich ihn nach Hause gebracht habe – am Nachmittag gegen fünf."

Als sie den Hörer aufgelegt hatte, öffnete sie ihren Aktenkoffer und nahm die Mappen heraus, die sie zu Hause durchsehen wollte. Die Informationen über Madeline Shipley enthielten überwiegend berufliche Details. Sie hatte als Zeitungsjournalistin begonnen, war dann zum Rundfunk gegangen und später zum Fernsehen. Drei starke Faktoren, gutes Aussehen, Ehrgeiz und Talent machten ihren Erfolg in diesem Medium aus. Vor zwei Jahren hatte sie den Wechsel von der sicheren Position als Reporterin eines politischen Magazins mit hohen Einschaltquoten zu Wilbur Shearings Sender gewagt. Dort bekam sie die Gelegenheit, sich mit dem *Shipley Report* zu profilieren. Sie hatte ihr Publikum so begeistert, daß Pierre Brand, der unbestrittene Star zu dieser besten Sendezeit, Mühe hatte, ihre Einschaltquoten zu erreichen. Über ihren beruflichen Werdegang hinaus sagte der Bericht über Madelines Leben kaum etwas aus. Shearing honorierte seine Spitzenstars gut, so daß sie finanziell glänzend dastand. Sie hatte vor fünf Jahren Paul Crusoe geheiratet, und es schien eine glückliche Partnerschaft zu sein, Gerüchte über Seitensprünge gab es nicht.

Paul Crusoes Akte gab da schon etwas mehr her. Als Jugendlicher war er wegen Sachbeschädigung und Autodiebstahls angeklagt worden, zweimal wurde er wegen kleinerer Drogendelikte verknackt, beide Male war er gegen Kaution freigekommen. Als er Madeline Shipley heiratete, hatte er sich in ernsten finanziellen Schwierigkeiten befunden. Sie hatte seine Schulden beglichen und ihm ein Konto eingerichtet, auf das sie regelmäßig einen Betrag überwies. Obwohl er weiterhin malte und – mit finanzieller Unterstützung seiner Frau – ausstellte, wurde er von der Kritik als Künstler nicht wahrgenommen.

Als sie Madeline und Paul zusammen gesehen hatte, hatte Carol gedacht, daß die beiden sehr locker und herzlich miteinander umgingen. Trotzdem wunderte sie sich, daß Madeline sich mit einer Null wie Paul begnügte. Aber andererseits, dachte Carol, war Paul auch keine Konkurrenz für sie – Madeline war offenkundig erfolgreich, und vielleicht hatte sie lieber einen Partner, der von ihr abhängig war.

Es war schon ganz dunkel, als sie Sybils Wagen hörte. Mit gekränkter Sorge gewappnet, öffnete Carol unvermittelt die Tür.

Sybils rotes Haar war naß, ihr Gesicht gerötet. Sie küßte Carol flüchtig auf die Wange. „Hallo. Komm, wir bestellen eine Pizza."

Carol folgte ihrer zierlichen Gestalt und sagte ausdruckslos:

„Ich habe mir Sorgen um dich gemacht. Bis in die Dunkelheit zu schwimmen. Du hättest ertrinken können, und niemand hätte es bemerkt."

„Ich paß' schon auf."

„Warum hast du nicht auf mich gewartet? Ich wäre doch mitgegangen."

Sybil sank in einen Sessel. „Ich wußte ja nicht, wann du nach Hause kommst", entgegnete sie betont salopp.

„Madeline hat mit dir geredet", sagte Carol ohne Umschweife.

Sybil sah zu ihr auf und bemerkte fast trotzig: „Ich wußte nicht, ob ich dich warnen sollte oder nicht... Ich bin zu dem Schluß gekommen, daß du schon damit umgehen kannst."

„Na danke."

„Sei nicht sauer auf mich, Carol. Du bist es doch, die Geheimhaltung will, nicht ich."

„Ich habe dir erklärt, warum das notwendig ist."

Sybil sah sie unverwandt an. „Du schämst dich meiner, Carol. Das weiß ich."

„Das ist nicht wahr."

Sybil stand auf. „Und du willst nicht darüber reden, und du willst dich nicht ändern. Das läßt mir nur zwei Möglichkeiten, und beide gefallen mir nicht."

Carol schwieg. Was gab es da schließlich noch zu sagen, was nicht schon längst gesagt worden war?

Carol genoß ihren Sonntag am Darling Harbour mit David. Sie trug Freizeitkleidung, Jeans und ein Trägerhemdchen, ohne auf ihre anschließende Verabredung mit Madeline Rücksicht zu nehmen. Sybil war nicht mitgekommen, hatte sich aber entschuldigt und ein Geschenk geschickt. Mit Erleichterung konzentrierte sich Carol auf etwas und jemanden außerhalb ihrer beruflichen und häuslichen Sphäre. Sie freute sich über die unkomplizierte Begeisterung ihres Sohnes, fuhr mit ihm in der Einschienenbahn, kaufte ihm einen Cowboyhut, ging mit ihm wunderbar ungesund essen, wanderte mit ihm durchs Power House Museum und betrachtete die Ausstellung technologischer Entwicklungen.

Sie lächelte nachsichtig über ihren Blondschopf und merkte, daß sie sich bereits ausmalte, er würde einmal ein berühmter Wissenschaftler. Dann mokierte sie sich über ihre optimistischen Vorstellungen. Sahen nicht alle Eltern ihre Sprößlinge am liebsten als große Vorkämpfer?

Das Lächeln verging ihr, denn sie dachte daran, wie viele Kinder noch immer mißbraucht wurden. Sie verdrängte diese Bilder.

Ich bin schon zu lange Polizistin, dachte sie.

Sie sah David zu, der die verschiedenen Knöpfe drückte und die Ausstellungsstücke in Gang setzte, und dachte an gestern abend. Unvermittelt und fassungslos verzweifelt hatte sie Sybil gefragt: „Würdest du mich je verlassen?"

Sybils Worte hatten sich eingebrannt: „Immerfort fragst du, Carol. Du fragst mich, ob ich dich liebe. Du fragst, ob ich dich je verlassen werde. Aber nie bist du mit der Antwort zufrieden – aus genau demselben Grund, weshalb du diese Fragen stellst."

„Ich verstehe nicht."

Sybil antwortete mit unverhohlener Verachtung: „Natürlich verstehst du. Aber du willst nicht, das ist das Problem."

So fröhlich wie möglich und mit übertriebenem Achselzukken, denn es sollte nett klingen, sagte sie: „Du bleibst bei mir, weil du mich liebst, und du weißt, daß du mich nie verlassen könntest."

„Hoffst du", hatte Sybil geantwortet.

Madeline hatte sie offensichtlich erwartet, denn sie öffnete die Tür, noch ehe Carol klingeln konnte. Sie trug eine schwarze Hose und cremefarbene Bluse. Ohne ihre Stöckelschuhe wirkte sie geschrumpft, sowohl was ihre Größe als auch ihre Persönlichkeit anging. „Wir sind allein – Paul ist ausgegangen."

Sie folgte ihr durch die Diele und hatte den Eindruck, daß Madeline nervös und angespannt aussah, doch dann mußte sie zugeben, daß es sich mit ihr selbst wahrscheinlich nicht anders verhielt. Madeline bot ihr keine Erfrischungen an, sondern führte sie gleich in ihr Arbeitszimmer und schloß energisch die Tür hinter ihnen.

Carol hatte sich darauf gefaßt gemacht, ihre Überzeugungskraft, Argumente, sogar Drohungen einzusetzen. Sie hatte sich bereits alle erdenklichen Szenarien vorgestellt und die verschiedenen Möglichkeiten durchgespielt. Aufrecht und steif saß sie da und wartete, daß Madeline den ersten Schritt tat.

Madeline wirkte genauso verklemmt wie sie. Sie saß hinter ihrem mächtigen Schreibtisch und biß sich auf die Lippen. Mit beiden Händen warf sie ihr langes kupferrotes Haar aus dem Gesicht und sagte: „Carol, Sie werden mir nicht glauben, aber ich weiß ganz genau, wie Sie sich fühlen."

„Wie könnten Sie?"

Mit schiefem Lächeln reagierte Madeline auf Carols Zorn. „Ich weiß es, weil...", sie holte tief Luft, „... auch ich lesbisch bin."

Es war, als hinge das Wort zwischen ihnen in der Luft. Schon immer hatte Carol das Wort faszinierend, beunruhigend gefunden – ein Wort, das erschreckte, ein Wort, das zu vermeiden war.

Carol dachte: Würde Madeline lügen, um mich zu entwaffnen?

Madelines graue Augen sahen sie aufmerksam an, sie schien ihre Gedanken zu lesen. „Es ist wahr, Carol, und ich verheimliche es, genau wie Sie. Ich glaube, ich *weiß* einfach, wenn die Öffentlichkeit erführe, daß ich lesbisch bin, kann ich mich von meinem Beruf verabschieden. Das ist zwar nicht fair – doch so ist es nun mal." Sie beugte sich vor. „Und deshalb", sagte sie ernst, „gibt es keinen Grund, über das, was ich weiß, beunruhigt zu sein."

„Ihre Ehe?"

„Ich kenne Paul schon ewig. Wir sind Freunde, alte Kumpels. Wir beide haben eine Abmachung getroffen und beide unseren Part erfüllt: Er sorgt für meine Etikette und ich für seinen finanziellen Unterhalt."

Carol saß stumm und stirnrunzelnd da. Sie war verwirrt, argwöhnisch, erleichtert und erstaunt. Ihre Gedanken, ihre Ansichten sortierten sich neu im Licht dieses außergewöhnlichen Geständnisses. Sie fragte: „Paul – ist er schwul?"

„Nein. Aber er gehört zu den Menschen – und die sind nicht so selten, wie Sie glauben –, die Sex nicht sonderlich interessiert. Wir haben keine physische Beziehung, natürlich nicht, und was immer er tun mag, ist seine Sache, solange er diskret ist.

Carol merkte, wie sie allmählich ihre Sicherheit, die Situation unter Kontrolle zu haben, zurückgewann. Sie fragte: „Und Sie, Madeline, was tun Sie?"

Madelines Lachen klang ein wenig amüsiert. „Ich? Nicht viel." Sie wurde ernst. „Es gab da eine Frau – Ann. Sie war etwas wirklich Besonderes für mich, aber nicht so wichtig wie meine Karriere. Ich hatte paranoische Angst vor schlechter Publicity, und als es zu schwierig wurde, haben wir uns getrennt. Jetzt... Ich versuche, nicht allzu viel darüber nachzugrübeln." Sie sah bekümmert aus. Dann wischte sie den Schmerz fort, stand auf und erklärte: „Ich könnte jetzt einen ordentlichen Drink gebrauchen, und Sie?"

Carol hatte das Gefühl, als hätte sie die Luft angehalten, seit sie das Haus betreten hatte. Sie seufzte erleichtert und entspannte sich. „Madeline, mir das zu sagen – das muß schwer für Sie gewesen sein."

Lächelnd sagte Madeline: „Höllisch, völlig unmöglich."

10

Montagmorgen schien ganz Sydney mit dem Auto unterwegs zu sein, lange Schlangen bewegten sich auf die Stadt zu. Carol war später dran als sonst und hatte größte Mühe, sich im Nahkampf auf der Straße durchzusetzen. Aber sie nahm von der sich dahinschiebenden Blechlawine nicht allzu viel wahr, ihre Gedanken kreisten um Madelines Offenbarung und alles, was damit verbunden war. Sie hatte Sybil zwar berichtet, was Madeline ihr erzählt hatte, doch hatten sie nicht weiter darüber gesprochen. Carol war absolut klar, daß zwischen Madelines Leben und ihrem eine höchst beunruhigende Parallele existierte. Aber – so versicherte sie sich – wenn es hart auf hart käme, würde sie nie zulassen, daß Sybil ihrer Karriere zum Opfer fiele. Es schauderte sie. Wenn es hart auf hart käme...

Carol ging zu Bourke hinüber, als Mrs. Date in sein Büro geführt wurde. Sie war eine knochige Frau, Anfang dreißig, mit nettem Lächeln und melodiöser Stimme. Schon nach wenigen Minuten hatte Carol das befremdliche Gefühl, Vera Date hätte ihre Antworten lieber gesungen, mit musikalischer Begleitung, so rhythmisch klang ihr Tonfall.

Als Bourke ihr nun behutsam die Geschichte unterbreitete, daß sie Charlie Date wegen einer anderen Frau verlassen hätte, reagierte sie sichtlich entzückt: „Ach nein, Inspektor Bourke! Leider nicht. Als ich Charlie verließ, bin ich zu meiner besten Freundin gezogen, zu Babs Dehuntley, aber da war nichts, solche Dinge spielten sich dort nicht ab."

Carol lächelte sie an. „Vielleicht könnten Sie uns helfen. Wie ist es möglich, daß eine solche Geschichte kursiert? Ist das bloß ein leeres Gerücht?"

„Ach nein, nicht leeres Gerücht, wohl eher schlechte Gedanken. Ich würde Charlie die Schuld daran geben. Wahrscheinlich hat er es verbreitet. Er war von Anfang an eifersüchtig auf Babs. Wir haben uns so prima verstanden, wissen Sie. Schon in der Schule waren wir dicke Freundinnen. Zwischen uns besteht Gemeinsamkeit auf der ganzen Linie."

„Ihre Freundin ist verheiratet?" erkundigte sich Bourke.

Mrs. Date machte ein bekümmertes Gesicht. Babs sei mit einem Mann verlobt gewesen, der im Vietnamkrieg gefallen war. Sie habe danach niemanden gefunden. Leider...

Nachdrücklich um eine Charakterisierung ihres Mannes gebeten (in zwei Monaten seien sie endlich unwiderruflich geschieden), beschrieb sie ihn als einen schwierigen Menschen, als launisch und ziemlich selbstsüchtig. „So war er immer schon", sagte sie, „und offen gesagt, ich mache seine Mutter dafür verantwortlich. Er war der einzige Junge in der Familie, und sie hat ihn maßlos verwöhnt. Charlie und ich heirateten ziemlich jung – zu jung, wenn Sie mich fragen –, und als die Kinder klein waren, habe ich das noch ertragen, aber heute sehe ich keinen Grund mehr, weshalb ich das sollte. Sie vielleicht?"

Offenbar erwartete sie darauf keine Antwort, denn sie fragte Bourke: „Glauben Sie, Charlie könnte vielleicht etwas über den gelben Würger wissen? Ist es das?" Sie warf Carol einen Blick zu. „Und Sie wollen eine rasche, elegante Lösung, nicht wahr, bevor er sich an noch einer vergreift."

„Genau gesagt, fragen wir uns", sagte Carol, „ob Charlie womöglich der gelbe Würger ist."

Vera Date schürzte die Lippen. „Keinesfalls", erwiderte sie mit Entschiedenheit. Bourke sah sie fragend an. Sie erklärte: „Charlie ist im Zusammenleben vielleicht nicht der einfachste Mann, doch eins kann ich über ihn sagen: Er liebt Tiere, alle Lebewesen. Er könnte keiner Fliege etwas zuleide tun. Ich mußte die Insekten erschlagen, weil er es nicht über sich brachte und Spray nicht in Frage kam. Sie sehen also, es ist völlig ausgeschlossen, daß er herumläuft und Frauen abmurkst wie dieser Mensch, den Sie suchen."

Bourke stellte ihr noch ein paar freundliche Fragen, sie antwortete offenherzig, und als sie ging und sich entschuldigte, soviel von ihrer Zeit in Anspruch genommen zu haben, waren sie nicht viel gescheiter als zuvor.

„Sei nicht allzu enttäuscht", munterte Carol den düster dreinblickenden Bourke auf. „Vielleicht ist es gar keiner von denen, die wir unter die Lupe nehmen. Und da draußen lauert unser unbekannter Würger und feixt, weil wir mit der Verfolgung falscher Fährten blockiert sind."

Bourke schüttelte stur den Kopf. „Nein, Carol. Diese Person ist uns bereits untergekommen. Die Verbindungen zu Wilbur Shearings Konzern können einfach kein Zufall sein. Er oder sie ist in der Nähe. Mit Sicherheit."

„Wenn wir nur wüßten, warum..."

Auch hier reagierte er stur: „Warum, ist unwichtig... Ich glaube wirklich nicht, daß uns das Motiv viel weiterhilft, weil es etwas Persönliches ist."

„Gerade deshalb vielleicht."

„Er haßt also Frauen. Ich will ja nichts gegen mein Geschlecht sagen, aber eine Menge Männer mögen Frauen nicht – und sicher auch umgekehrt. All diese Leute laufen doch nicht rum und ermorden das verhaßte andere Geschlecht. Sie mekkern drüber... mehr auch nicht."

Carol fragte: „Was, wenn es nicht simpler Frauenhaß ist, sondern etwas ganz anderes?"

„Was? Religion? Ich habe Leute drauf angesetzt, jede extreme Glaubensrichtung zu überprüfen. Sind sogar der Vermutung nachgegangen, daß es sich um Teufelskult handeln könnte. Bisher hat alles nichts gebracht."

Ganz gegen seine Art erhob er sich voller Ungeduld und lief in dem kleinen Büro auf und ab. „Vier Frauen, und wie es scheint, trifft er seine Wahl eher zufällig. Aber drei von ihnen haben mit Shearings Medienkonzern zu tun – Maria Kelly spielt in einer Pilotsendung, Sally-Jean hat eine Liebesbeziehung mit Wilbur persönlich, und als er sie fallenläßt, ist sie bereit, im *Shipley Report* aufzutreten, Alissa Harvey erscheint mindestens einmal im Sender, denn sie hat ein Foto in Madelines Studio gemacht. Offen gesagt, Carol, ich glaube nicht an so viele Zufälle. Ich glaube, wir werden herausfinden, daß auch Narelle Dent etwas mit dem Sender zu tun hatte."

„Wenn das stimmt, kann es irgendwer aus der Belegschaft sein."

Er nickte, und seine gute Laune kehrte zurück. „Genau. Was hältst du davon, wenn wir alle Beschäftigten um eine freiwillige Blutspende für eine DNA-Analyse bitten?"

Bei ihrem Gesichtsausdruck mußte er lachen. „Sicher", sagte er fast fröhlich, „das Problem ist nicht das Gesetz, sondern es sind die Kosten, Carol, die Kosten! Wir brauchen schon sehr viel mehr Beweise, um eine solche Ausgabe zu rechtfertigen, nicht wahr?"

Im Laufe des Tages nahmen die Irritationen zu, die unschlüssigen Fakten, fruchtlosen Telefonate und ständigen Unterbrechungen. Carol und Bourke diskutierten den Fernandezfall mit den Polizisten, die mit der Untersuchung befaßt gewesen waren, auch mit dem Staatsanwalt, doch es kam nichts dabei heraus.

Bourke legte ihr einen schriftlichen Bericht über Madeline Shipleys Mitarbeiter und Mitarbeiterinnen vor, der wenig Aufschlußreiches enthielt, außer daß Charlie Date sechs Monate lang mit der Logistik der Außenaufnahmen vom *Shipley Report* beschäftigt gewesen war, bevor er den Posten als Produktionsleiter von *Tod in Australien* übernahm.

Bourke hatte eine Bemerkung unter den Bericht geschrieben: *Carol, wieso haben wir Helen Tolsten bisher nicht verdächtigt? Ihr Leben ist so lupenrein, daß ich das verdächtig finde.*

Carol legte den Bericht auf den wachsenden Stapel auf

ihrem Schreibtisch. Es war bereits früher Abend, und sie wäre am liebsten vor den endlosen Papierflut geflüchtet, vor diesen unzähligen Details, die sich am Ende als wertlos erweisen würden. Das Problem, dachte sie sarkastisch, hatte mit der Perspektive zu tun, mit der Art, wie du die Flut an Informationen betrachtest, mit dem Blickwinkel, bei dem dir ein vielleicht unverdächtiges Muster plötzlich ins Auge fällt.

Sie beschloß, Fergusons Bericht über die Fotos in Alissa Harveys Kamera abzuwarten, also rief sie Sybil an und erklärte, sie würde noch eine Weile aufgehalten, dann schaltete sie den Fernseher in ihrem Büro ein, ging die Programme durch, um sich die Nachrichten anzusehen. Die Geschichte des gelben Würgers verlor langsam an Aktualität, verdrängt durch neuere, wenn auch vielleicht nicht brisantere Themen.

Eine Vorankündigung, in einen Werbeblock eingeblendet, ließ sie aufhorchen: „Und versäumen Sie nicht den *Shipley Report* gleich nach unserem Wetterbericht. Der gelbe Würger ist noch immer auf freiem Fuß, um zu morden. Heute abend wird Madeline Shipley in einem Exklusivbericht einen sensationellen, völlig neuen Aspekt enthüllen, dem die Kriminalpolizei auf ihrer verzweifelten Jagd nach dem psychopathischen Mörder nachgeht!"

Ein sensationeller, völlig neuer Aspekt war für Carol eine ziemliche Überraschung; neugierig erwartete sie Madelines Auftritt. Sie schob eine unbespielte Videokassette ein und drückte auf Aufnahme, als Madelines Gesicht auf dem Bildschirm erschien.

Nach der Ankündigung faszinierender Enthüllungen im weiteren Verlauf der Sendung widmete sich Madeline gekonnt ihren anderen Themen, die nach irgendeinem Schema zusammengestrickt zu sein schienen. Erst kam ein Geschichte, wie Konsumenten geneppt werden – für den bewußten Käufer; dann ein aufrüttelnder Bericht über Drogen in den Schulen – für Eltern; anschließend, natürlich, der obligatorische Umweltskandal. Nach einem Werbeblock, der nach Carols Meinung selbst den Boden für Konsumentennepp, Drogenmißbrauch und Umweltskandale bereitete, machte Madeline eine Überleitung zum gelben Würger.

Sie gab eine geschickte Kurzzusammenfassung der Opfer und der bisherigen Ermittlungen, mit einer kurzen Einblendung von Carol, die die Bevölkerung zur Mithilfe bei der Erfassung des Mörders aufrief.

Dann erschien Madelines Gesicht in Großaufnahme. „Und nun das letzte Opfer eines geisteskranken Mörders – Alissa Harvey. Eine ganz normale Frau, eine talentierte Fotografin, eine geliebte Tochter. Doch ist das alles, was man über Alissa Harvey sagen kann? Nein."

Mit eindringlichem Blick hielt Madeline inne, so daß ihr Publikum mit Spannung auf die folgenden Worte wartete. „Alissa Harvey führte ein geheimes Doppelleben. Sie verbarg es vor ihren Eltern, vor ihren Freunden. Und dies geheime Doppelleben ist vielleicht der Grund dafür, daß sie ermordet wurde... Wir unterbrechen jetzt für die Werbung, und danach wollen wir untersuchen, was Alissa Harvey zu verbergen hatte."

Vor Wut verschwamm die Werbung vor Carols Augen. Sie griff nach dem Telefon, knallte dann aber den Hörer auf die Gabel. Erbost fixierte sie Madeline auf dem Bildschirm, hörte ihren mitleidsvollen Ton, als sie enthüllte, daß Alissa Harvey insgeheim lesbisch gewesen sei und – wie der *Shipley Report* in Erfahrung bringen konnte – eine Menge Affären hatte, Bekanntschaften aus Schwulenbars und Abschlepptreffs.

Zur Illustration dieser Aussage wurde eine Serie wenig schmeichelhafter Aufnahmen aus schummrigen, schmuddligen Bars eingeblendet, anonyme Paare in den verschiedensten Stadien der Trunkenheit, die herumschmusten.

„Könnte dies vielleicht", sagte Madeline, indem sie wieder ins Bild kam, „der Schlüssel zu ihrem furchtbaren Tod sein? Bisher nicht bestätigt sind Vermutungen, daß eine ähnliche Verbindung zu den anderen Opfern existiert. Ist es möglich, daß ihr Lebensstil einigen jungen Frauen den Tod gebracht hat?"

Wieder packte Carol das Telefon. „Volltreffer?“ sagte sie zu dem charmanten Gesicht auf dem Bildschirm. „Gib nur dem Opfer die Schuld, Madeline. Da befindest du dich in bester Gesellschaft!“

Sybil öffnete die Haustür, als Carol den Weg heraufkam. „Hab' dein Auto gehört. Hast du Madelines Sendung gesehen?“

Carol war kühl und reserviert. „Ja. Und ich habe bereits mit ihr gesprochen.“ Sie ging an Sybil vorbei ins Wohnzimmer, warf ihren Aktenkoffer auf die Couch. „Ich brauche jetzt einen Drink.“

Sybil war völlig außer sich. „Wie konnte sie so etwas tun? Schließlich ist sie selber lesbisch. Und die Eltern – sie müssen total entsetzt sein.“

„Das sind sie ganz sicher“, bemerkte Carol nüchtern. „Jedenfalls hat mich Madeline über die Finessen des Fernsehjournalismus aufgeklärt.“ Und sarkastisch fügte sie hinzu: „Offenbar ist Moral ein Luxus, den sich niemand leisten kann. Wie Madeline mir erklärte, wird sie von Shearing dafür bezahlt, daß sie als erste mit einem Knüller rauskommt. Ihre persönlichen Gefühle, sagte sie, haben damit gar nichts zu tun.“

„Sie macht bloß ihren Job“, konstatierte Sybil verächtlich.

„So ist es. Sie sagte sogar, hätte sie die Geschichte nicht rausgebracht, hätt's ein anderer getan und auf weniger verständnisvolle Weise.“

„Dann frage ich mich, was sie daran hindern wird, dein Geheimnis zu lüften?“

Carol biß sich auf die Lippen. „Nach Madelines Ansicht ist das anscheinend eine völlig andere Situation – wir sind berufsorientierte Frauen, die einander helfen sollten. Übrigens habe ich, was sie betrifft, ja auch etwa in petto.“ Carol verkniff sich die Bemerkung, mittlerweile sei ihr der Verdacht gekommen, daß Madeline womöglich geglaubt hatte, bei einer polizeilichen Ermittlung käme ihr Geheimnis zweifellos ans Licht, und deshalb Carol über ihr Lesbischsein aufgeklärt hatte, um daraus einen Vorteil zu schlagen. War der Verdacht allzu zynisch, daß Madeline es vielleicht genoß, sich eine Kriminalkommissarin verpflichtet zu haben?

Vor dem Zubettgehen warf Carol einen Blick auf Fergusons Bericht über die entwickelten Fotos auf dem Film in Alissa Harveys Kamera.

Bourke hatte eine Notiz an die erste Seite geheftet: Etliche Kolleginnen hätten erwähnt, daß Alissa ein aufregendes Projekt geplant hatte, aber nicht verraten wollte, was es war.

Die Fotos schienen nichts mit einem speziellen Projekt zu tun zu haben, von den zwölf Bildern hatte Ferguson acht identifiziert, inklusive der beiden, die im August oder Anfang September in Shearings Sender aufgenommen waren. Das eine im Studio während des *Shipley Reports*, das andere, wie schon Madeline gesagt hatte, im Hof vor ihrem Büro.

Auf drei Fotos war ein Unfall zu sehen, bei dem zwei Autos leicht zusammengestoßen waren. Ferguson hatte genaue Ermittlungen angestellt, offenbar in dem Glauben, der Mörder könne sich auf diese Weise Namen und Adresse einer fremden Frau verschafft haben.

Angesichts der Enttäuschung, die in Fergusons Bericht durchklang, mußte Carol lächeln, denn was wie eine vielversprechende Spur gewirkt hatte, stellte sich als Unfall eines Nachbarn heraus, der beim Zurücksetzen aus seiner Einfahrt den von Alissas Mutter gesteuerten Wagen rammte, die geistesabwesend die Straße entlangfuhr.

Drei andere Fotos waren leicht zu erkennen: eine belebte Straße in der Innenstadt, das Portal eines Privatsenders, eines Konkurrenten von Shearing, und der reizende Schnappschuß eines Kätzchens, das einen Vogel zu fangen versuchte.

Auf den vier nicht identifizierten Fotos war immer dasselbe zu sehen, nur aus anderen Blickwinkeln: ein eher bescheidenes Vorstadthaus mit einem Garten ringsum. Ferguson hatte darunter geschrieben: *Makler und Bezirksämter kontaktieren.*

Carol betrachtete nachdenklich die Fotos. Wieso vier Aufnahmen eines unscheinbaren Hauses? War das ein Schlüssel zu ihrer Ermordung oder wieder nur eine Sackgasse, die nicht weiterführte?

Carol hatte sich soeben die Zähne geputzt, als Sybil unter der Dusche hervorkam. Fasziniert betrachtete Carol die erhitzte Haut voller Wasserperlen.

„Liebste", sagte sie und streichelte Sybil behutsam.

Entspannt ließ Sybil sich umarmen. „Es ist nur, weil du wütend bist", bemerkte sie.

„Es ist nur, weil du unwiderstehlich bist", sagte Carol dumpf an Sybils nasser Schulter.

„Carol, Wut hat dich schon immer angetörnt."

Sie versuchte, Sybil mit einem Kuß zum Schweigen zu bringen, aber Sybil drehte den Kopf weg und ließ sich nicht ablenken. „Warum törnt sie dich so an?"

Zitternd vor Begehren protestierte Carol: „Müssen wir das jetzt diskutieren?"

Sybils Stimme klang nüchtern, obwohl ihr Atem schneller ging. „Ist es, weil Wut ein Gefühl ist, das der Gewalt nahesteht? Ist es das?"

Carol konnte sich nur noch auf die Hitze konzentrieren, die in ihr aufstieg. Sie küßte die Wassertropfen fort, fuhr mit den Lippen über die warme Haut, leckte mit der Zunge Sybils Brustwarze.

Sybil wollte gerade halbherzig loslachen, als ihr Körper reagierte. „Du möchtest wohl keine philosophische Diskussion?"

„Ich möchte ins Bett."

Carols Zorn war einer heftigen Sehnsucht gewichen. Nichts existierte mehr als die sinnliche Verflechtung ihrer beiden Körper. Die Widersprüche des täglichen Lebens versanken im aufflammenden Begehren.

Doch heute nacht schien es, als reiche es nicht zu dieser endgültigen Vereinigung von Leib und Seele, wo der Höhepunkt alle Gefühle außer der Lust auslöscht. Sybil zuckte orgiastisch in ihrem Arm, während sie den Orgasmus herbeisehnte, aber einfach nicht kam.

„Carol?"

„Ich kann nicht." Sie hielt Sybil fest. „Es macht nichts. Schlaf jetzt."

„Nein, laß mich..."

„Mach dir keine Gedanken. Ich bin müde... Sybil, es geht mir gut, wirklich."

Mit offenen Augen lag sie da, Sybil an sich gedrückt. Nach einer Weile hörte sie an ihrem regelmäßigen Atem, daß sie eingeschlafen war, aber eine solche Zuflucht gelang ihr nicht. Während die Nacht sich schwarz niedersenkte, verschwand allmählich der Schmerz zwischen ihren Beinen.

11

Die Morgenzeitung hielt sich einigermaßen bedeckt. LESBISCHE VERFLECHTUNG MIT DEM SERIENMÖRDER? lautete die Überschrift, und der folgende Artikel war offensichtlich eher eilig zusammengestoppelt. Beim letzten Absatz runzelte Carol die Stirn: *Wie aus bisher nicht bestätigter Quelle bekannt wurde, hat der Serienmörder direkten Kontakt zu einer Medienpersönlichkeit aufgenommen...* Madelines Name wurde zwar nicht genannt, doch Carol wußte genau, daß damit die Neugier der Öffentlichkeit auf weitere Enthüllungen geweckt werden sollte.

Auf dem Weg ins Büro kaufte sie noch zwei Morgenzeitungen, die mit sehr viel schrilleren Aufmachern rauskamen. Ein Boulevardblatt titelte: LESBISCHE GELIEBTE PACKT AUS! Dann, etwas kleiner: MEINE AFFÄRE MIT DEM OPFER DES GELBEN WÜRGERS. Innen auf der Doppelseite prangten Fotos von Alissa Harvey und der angeblichen Geliebten. (*Ich war nur eine von vielen...*) Unter der Zwischenzeile DER WÜRGER SPRICHT? tauchte auch hier der Hinweis auf, der Mörder habe sich mit den Medien direkt in Verbindung gesetzt.

Die dritte Zeitung brachte, ihrer Tendenz entsprechend, ein Interview mit dem Vorsitzenden der Bewegung *Family First* (HOMOSEXUALITÄT IST TÖDLICH, SAGT DIE KIRCHE), der die Gelegenheit wahrnahm, sich süffisant darüber zu verbreiten, daß er und seine Anhänger alle schwulen und lesbischen Menschen zwar von Herzen liebten, aber ihren Lebensstil haßten – eine Lebensweise, die nicht nur eine Versündigung gegen Gott darstelle, sondern auch Individuen ohne inneres Gleichgewicht zu Gewalttätigkeit und Entartung verleite.

Auf der Innenseite spekulierte ein Kolumnist, ob Männer die

Frauen umbringen, die sie nicht besitzen können. Er vermittelte dabei den Eindruck, als ob ihn das eher bekümmerte denn ärgerte, als fände er persönlich es bedauerlich, daß manche Frauen durch ihre beharrliche Verweigerung die Männer derart auf die Palme brächten.

Sie machte sich eine Notiz, daß Bourke sich diese „Geliebte" vorknöpfen sollte, die so pressegeil über Alissa Harvey aus dem Nähkästchen plauderte.

Carol hatte Anweisung gegeben, ihr jeden Anruf vom Leib zu halten, und so reagierte sie unwirsch, als das Telefon klingelte. Das Vorzimmer entschuldigte sich, aber ob sie mit Madeline Shipley sprechen könne, es sei überaus dringend.

„Stellen Sie durch. Madeline? Ich bin äußerst beschäftigt. Was ist denn so wichtig?"

Ihr Ausdruck veränderte sich vollkommen, während sie zuhörte. Sie stellte brüsk ein paar Fragen, wies sie an, beim Telefon zu bleiben, ehe sie auflegte.

Sie bemühte nicht erst die Sprechanlage, sondern ging schnurstracks zu Bourke hinüber.

„Mark, Madeline Shipley hat soeben angerufen. Ihre Assistentin Helen ist verschwunden. Sie sollte heute morgen bei Madeline zu Hause erscheinen, ist aber nicht aufgetaucht. Und als sie und Paul Crusoe bei ihr anriefen, war sie nicht daheim."

Bourke grinste hinter seinem Schreibtisch. „Na sowas? Mir wäre sie zwar ein bißchen zu frostig, aber vielleicht hat sie ja heute nacht in der Stadt mal ordentlich auf den Putz gehauen."

„Ich glaube, es ist mehr dran. Madeline hat mir erzählt, daß Helen an einem Exklusivinterview mit dem gelben Würger gebastelt habe."

Bourke stand auf. „Die abgehörten Telefonate deuten nicht darauf hin. Ich habe gerade die Abschriften gelesen. Wie..."

„Er hat sie am Sonntag kontaktiert, auf Shearings Schiff. Madeline redete gerade mit mir, als Helen kam und sagte, da sei ein dringender Anruf für sie. Er kann aus einem Auto angerufen haben, von irgendwo."

Bourke reagierte spontan: „War von unseren Verdächtigen irgendwer in der Nähe, als der Anruf kam? Ist da irgend jemand, den wir von unserer Liste streichen können?"

Carol führte sich die Szene noch einmal vor Augen. „Madeline war bei mir, als Helen kam und ihr von dem Anruf berichtete. Sonst habe ich niemanden bemerkt, der für uns von Interesse ist – die meisten Leute waren von Bord gegangen."

„Also hat Helen zuerst mit ihm gesprochen, dann kam sie, um Madeline zu holen. Ich nehme doch nicht an, daß Helen so dumm wäre, sich allein mit dem Kerl zu verabreden, oder?"

„Madeline hat ihr gesagt, sie solle nichts tun, das gefährlich oder unklug wäre, aber Helen hat das ganze Ding geschaukelt und sie im Dunkeln gelassen."

Gehässig bemerkte Bourke: „Madeline wäscht ihre Hände in Unschuld, wie? So kann sie niemand wegen Behinderung der Polizei drankriegen, sie sorgt dafür, daß sie keine Details erfährt." Er schüttelte den Kopf. „Armer kleiner Dummkopf", fügte er hinzu und meinte eindeutig Helen.

Carol brannte darauf, daß augenblicklich etwas unternommen wurde. „Helens Wagen wird vermißt, es ist ein Firmenwagen. Hier die Beschreibung. Du bleibst am besten hier und leierst die Fahndung an, während ich zu Madelines Haus fahre. Du kannst mich dort erreichen, wenn du mich brauchst. Versichere dich, daß Helen wirklich verschwunden ist, bevor du die Sache rausläßt. Informiere die Medien – die gesamte Öffentlichkeit. Pfeif drauf, daß wir ihr die Sensationen in den Rachen werfen, blas es auf, wie du willst. Helen muß so schnell wie möglich gefunden werden, ob tot oder lebendig. Wie ihr das macht, ist mir wurscht."

Madeline und Paul standen in Pauls unaufgeräumtem Atelier, als die Haushälterin Carol hereinführte. Die schrillen Farben der Bilder, die überall herumstanden und -hingen, im Stapel am Sofa lehnten, bildeten einen unpassenden Hintergrund.

Carol hatte Madeline bisher nur aufs Eleganteste gekleidet

gesehen, jetzt trug sie Jeans und ein blaues Schlabberhemd. Ihr Gesicht war bleich, und selbst das kupferfarbene Haar wirkte nicht mehr so glänzend.

Paul Crusoe hatte seiner Frau tröstend den Arm um die Schultern gelegt, machte aber eher einen unaufgeregten Eindruck. „Haben Sie schon irgendwas gehört?“ fragte er.

Carol antwortete in beruhigendem Ton: „Nein. Noch nicht. Madeline, Sie sagten mir am Telefon, Helen sei gestern abend hiergewesen. Was hat sich genau ereignet, und wann ist sie weggegangen?“

Madelines Stimme klang gepreßt, ohne ihr sonstiges Selbstvertrauen. „Gestern abend nach der Sendung hat Helen mich nach Hause gefahren. Das tut sie oft. Wir waren kurz nach acht hier. Paul wartete schon auf uns, und wir haben zusammen zu abend gegessen...“ Sie biß sich auf die Lippen. Carol wartete.

„Carol, sie war so aufgedreht. Wir beide. Ein Interview mit dem gelben Würger... Das würde Pierre Brands Einschaltquoten bei weitem in den Schatten stellen.“

Carol unterdrückte mit Mühe den Ärger in ihrer Stimme und sagte: „Glauben Sie wirklich, daß er das durchziehen wollte? Schon eine Stimmenanalyse, mal abgesehen vom Risiko, auf andere Weise erkannt zu werden, würde ihm ein Interview nicht sonderlich schmackhaft machen.“

Madeline schüttelte Pauls Arm ab und ging in dem chaotischen Raum auf und ab. Sie verteidigte sich mit Nachdruck: „Ja, ich glaubte, er würde mir ein Interview geben. Und ja, er hatte alle Risiken bedacht. Er ist so eitel, so selbstsicher, Carol. Das kann man schon an der Stimme hören. Und Helen hatte das alles mit ihm ausgeknobelt, wie die Stimme elektronisch verzerrt werden kann, wie er geschützt werden kann.“ Fast herausfordernd sah sie Carol an. „Und natürlich hätten wir Ihnen alles übergeben, was wir bekommen würden...“

„Nachdem Sie das Interview gesendet hätten.“

„Nun ja. Sie hätten es an meiner Stelle auch so gemacht, Carol.“

Carol überlegte, ob man ihr den Abscheu, den sie empfand, ansehen konnte. Sie fragte: „Hat Helen ihn tatsächlich irgendwann getroffen?“

„Nein. Wir fanden beide, das sei zu gefährlich.“ Sie blickte zu Boden. „Doch gestern abend... Helen sagte, sie wolle nur noch mal mit ihm reden, sie habe eine Kontaktnummer; aber ich glaubte ihr nicht so ganz. Ich dachte... War mir allerdings nicht sicher... Ich hätte es nicht zugelassen, wenn ich...“

Du skrupelloses Biest, natürlich hättest du, dachte Carol. „Haben Sie die Nummer?“ fragte sie. „Hat Helen irgendwelche Gesprächsnotizen gemacht? Irgendwelche Details überhaupt?“

Madeline packte impulsiv Carols Arm. „Carol, bitte, glauben Sie mir, wenn ich gewußt hätte...“ Sie ließ die Hand sinken. „Helen wollte mich schützen. Sie wußte, daß wir eine heikle Sache drehten, was die Rechtslage anging, deshalb hat sie die Einzelheiten für sich behalten. Ich vermute, sie hat die Telefongespräche vielleicht aufgezeichnet, aber das hat sie mir so direkt nicht gesagt. Sie wollte nicht, daß ich mit den Absprachen etwas zu tun hätte.“

„Ganz nach dem Motto, was ich nicht weiß, macht mich nicht heiß“, sagte Carol sarkastisch.

Paul überbrückte das Schweigen. „Helen ist zwischen halbzehn und zehn hier weggegangen. Ich ging wieder ins Atelier, um weiterzumalen. Madeline ging früh zu Bett. Sie sagte, sie sei müde.“

„War Ihre Haushälterin noch hier?“

Madeline fixierte sie scharf. „Was wollen Sie damit sagen, Carol? Daß wir, Paul und ich, ein Alibi brauchen?“

„Ich will damit sagen, daß solche Details lediglich in den Bericht aufgenommen werden. Nicht mehr.“

„Und nicht weniger“, fügte Paul hinzu. Er zog die Augenbrauen hoch. „Überspannen Sie den Bogen nicht etwas, Kommissarin? Schließlich wissen wir noch gar nicht, ob wir überhaupt ein Alibi brauchen. Vielleicht ist Helen ja irgendwohin gefahren?“

Carol überhörte die Bemerkung und wiederholte ihre Frage hinsichtlich der Haushälterin.

„Sie servierte uns das Essen und zog sich dann ihre Räume zurück. Edna hat eine abgeschlossene Wohnung im Anbau des Hauses."

„Wenn es Ihnen recht ist, möchte ich sie sprechen."

Madeline verließ die momentane Energie. Sie sank auf die Couch, wobei sie ein Gemälde umstieß. Paul hob es nachdenklich auf und bemerkte: „Hoffentlich ist das kein Omen, was du gerade getan hast."

„Was?"

„Dieses Bild, Madeline. Es ist Helen. Ich habe an einem Porträt von ihr gearbeitet, weißt du noch?"

Carol trat neugierig heran. Sie war überrascht, wie gut er sie getroffen hatte. Es war erst halb fertig, doch eindeutig Helen Tolsten. Vom orangefarbenen Hintergrund des Bildes starrte sie sie arrogant an, den Hals ganz steif, von sich selbst überzeugt.

Paul Crusoe feixte amüsiert über ihr Interesse. „Wie Sie sehen, Kommissarin, kann ich Helen jedenfalls nicht umgebracht haben. Das hätte der Künstler in mir einfach nicht zugelassen – zumindest nicht, bevor ich das Bild fertig hätte."

Carol stellte weitere Fragen und fand heraus, daß es bei dem Anruf auf Shearings Katamaran um die Vorbereitung der Sendung mit dem gelben Würger ging. „Also betrafen die Arrangements, die Helen aushandelte, das Interview mit ihm, das in die Sendung eingeblendet werden sollte?"

Madeline legte sich erschöpft eine Hand über die Augen. „Ja."

Ungeduldig und wütend, doch mit beherrschter Stimme, bat Carol jetzt, Edna zu sprechen. Sie vernahm sie in der Küche, und als sie damit fertig war, brachten Madeline und Paul sie zur Tür.

Madeline sagte gerade zu Paul: „Paul, würdest du Wilbur anrufen und ihm sagen, daß ich heute abend nicht weitermachen kann. Es ist völlig –“ Da klingelte das Telefon, und sie horchte auf, während Edna abnahm.

„Kommissarin Ashton, es ist für sie.“

„Ja?“ Carol hörte zu, preßte die Lippen zusammen. „Wo genau? Ich treffe dich dort. Ich komme sofort.“

Sie legte auf, starrte einen Moment zu Boden, ehe sie sich den erwartungsvollen Blicken zuwandte. „Es tut mir leid, Madeline.“

„Helen...“

„Wir nehmen an, daß wir ihre Leiche gefunden haben.“

„War es...“

Carol klang bitter vor Zorn. „Der gelbe Würger, Madeline? Allerdings. Unter diesen Umständen, wie können Sie daran noch zweifeln?“

Die Wiese war unlängst gemäht worden und sproß in frischem Grün. Der Bach, der durch den Parramatta Park floß, war mit Sicherheit verseucht, glitzerte aber bezaubernd im Sonnenlicht. Die nahegelegene Fußgängerbrücke überspannte das Gewässer am Fuß der Anhöhe, auf der sich das historische ehemalige Regierungsgebäude erhob. Hinter den blauweißen Absperrungsbändern machten sich Leute an etwas zu schaffen, das auf der duftenden Wiese zwischen dem Buschwerk lag.

Uniformierte Polizisten hielten die Menge in Schach, als Carol in den Parkplatz einbog, der für gewöhnlich von Touristenbussen besetzt war. Sie rief den verantwortlichen Polizisten herbei. „Halten Sie alle zurück. Alle. Aber ich möchte, daß Sie und die anderen sich die Leute genau ansehen. Prägen Sie sich die Gesichter ein. Nicht selten befindet sich ein Mörder unter den Schaulustigen, die sich um einen Mordfall scharen. Und dieser ist ein Psychopath. Er, oder sie, wird wahrscheinlich keinen nervösen oder besorgten Eindruck machen, sondern aussehen wie ein ganz normaler Mensch. Trotzdem, wenn Ihnen etwas Ungewöhnliches auffällt, melden Sie's mir.“

Während sie redete, glitt ihr Blick prüfend über die Menge,

sie hörte die aufgeregten Stimmen und Spekulationen. „Er ist es wieder, der Würger!“ sagte jemand laut und vernehmlich. Kam ihr irgendwer bekannt vor? Oder verdrückte sich gerade jemand, der sie erkannt hatte?

Bourke winkte ihr zu, und sie ging eilig über die Wiese den Abhang hinunter, obwohl es ihr völlig widerstrebte, Helen Tolstens Selbstvertrauen auf die Erniedrigung eines solchen Todes reduziert zu sehen.

Bourke kam ihr entgegen. „Sieht aus, als ob sie's ist – der Führerschein und die Papiere stimmen. Du hast sie ja mehrmals gesehen, Carol. Was meinst du?“

Die Spurensicherung hatte die Zweige der Büsche zurückgebunden, die Sonne malte verschiedene Schattierungen auf den nackten Körper. Er war genauso drapiert wie die vier Opfer zuvor, die Parodie einer Aufbahrung, die Kordel an Füßen und Händen stach knallgelb von dem bleichen Körper ab.

Carols Stimme klang kühl. „Der Körperbau stimmt. Können wir jetzt das Kopfkissen entfernen?“

Bourke bedeutete einem Polizisten, das weiße Kissen abzunehmen, das den Kopf verhüllte, und sagte: „Ja, sie haben alles getan, was sie konnten. Wir haben nur darauf gewartet, daß du dir den Leichnam anschaust, bevor wir es runternehmen.“

Sie starrte auf Helen Tolstens Gesicht. „O Gott“, preßte Bourke hervor. Dann sagte er lauter zu Carol: „Ich denke, sie ist es. Du auch?“

„Ja, Mark, Es ist Helen Tolsten. Wir müssen uns sputen. Diesmal haben wir Verdächtige zu überprüfen.“

Sein sonst so forsches Grinsen mißlang ihm. „Wie wenig du mir zutraust“, sagte er. „Während wir hier reden, läuft die Aktion bereits. Wenn wir ins Kommissariat kommen, werden sicherlich die ersten vorläufigen Berichte eintreffen.“

12

Am vorletzten Tag der Dreharbeiten von *Tod in Australien* in Sydney wurde im Harold Park gedreht. Sybil saß mit ihren beiden Schützlingen, die über einer Aufgabe schwitzten, im engen Wohnwagen, als Charlie Date den Kopf durch die Tür steckte. Erfreut über die Unterbrechung sah Malcolm auf. Kirra, die Zungenspitze im Mundwinkel, die Stirn konzentriert gerunzelt, ließ sich nicht stören.

„Sind zusammengetrommelt worden", sagte Charlie. „Das ganze Team, auf der Stelle, unten beim Kantinenwagen." Er deutet auf Kirra und Malcolm. „Ihr beiden auch. Beeilt euch. Es ist dringend."

„Was ist los?"

Charlie ärgerte sich über Malcolms Frage. „Keine Ahnung. Na, nun springt schon."

Als er mit Sybil an den Dekorationen vorbeiging, auf das müßig herumstehende Team zu, wurde er etwas mitteilsamer. Freundlich, wenn auch besorgt, sagte er: „Irgendwas ist los, Syb. Die Bullen sind da. Forderten eine Kopie des Drehplans von gestern und heute, und sie haben Ripley in Rage gebracht, indem sie seinen Wohnwagen gekapert und zum Büro umfunktioniert haben. Was hältst du davon, hm?"

Alice ersparte ihr die Antwort. Aufgeregt posaunte sie die Neuigkeit aus. „Hab' gerade die Nachrichten im Radio gehört! Es ist ganz und gar schrecklich! Er hat schon wieder eine umgebracht – der gelbe Würger, meine ich."

Wie angewurzelt blieb Charlie stehen. „Also deshalb sind die Bullen hier? Glauben die etwa..."

Alice beendete seinen Satz: „Daß jemand von uns der gelbe

Würger ist!“ Sie sah sich neugierig um. „Wer? Wer könnte es sein? Haben sie es auf jeden von uns abgesehen? Was glaubst du, wer es ist?“

Charlie starrte sie finster an: „Vielleicht du, Alice. Warum nicht? Muß ja nicht unbedingt ein Mann sein. Vielleicht törnt dich das an, junge Frauen umzubringen.“

Wütend ging Alice auf ihn los. „Das ist ein verdammter Unsinn! Wie kannst du sowas sagen?“

„Sowas hast du doch auch über mich gesagt – und noch Schlimmeres. Ich hab's gehört, ich hab's schließlich selbst gehört.“ Nach einer Pause fügte er wie im Nachgedanken hinzu: „Du Biest.“

Ein Polizist, der sie weitertrieb, schnitt Alice die Antwort ab. Als die drei die versammelte Menge erreicht hatten, entdeckte Sybil Wilbur Shearings dichte Lockenmatte über dem Stiernacken seiner untersetzten Gestalt. Sie stand direkt hinter Luke, und da sie gleich groß waren, konnte sie seinen rosa Schädel durch das schütter werdende Haar sehen. Er drehte sich um, als hätte er ihren Blick gespürt. Über sein hageres Gesicht huschte ein Lächeln. „He, Syb“, sagte er, „was hast du verbrochen, daß die Polizei uns hier zusammentrommelt?“

Alice antwortete düster: „Wir glauben, sie verdächtigen hier jemand, der Würger zu sein... Schon wieder eine, weißt du.“

„Schon wieder? Wo? Hier in der Nähe?“

Alice schüttelte den Kopf, offensichtlich gefiel es ihr, die Informationsquelle zu sein. „Nein. Parramatta. Genau gesagt, Parramatta Park. Letzte Nacht. Wer sie wohl war?“

„Keine, die wir kennen. Eben irgendein unglückseliges Mädchen“, sagte Charlie bestimmt.

Malcolm, der mit gespitzten Ohren danebenstand, erklärte: „Er hat einen ganz bestimmten Grund. Ich wette, auch die ist 'ne Lesbe“

Sybil hätte ihm am liebsten eine geknallt. Aber noch ehe sie etwas sagen oder tun konnte, donnerte Charlie verächtlich: „Du blöder kleiner Wichtsack, was weißt du denn schon!“

Wilbur Shearing stieg auf den Kantinenwagen. Als sein Stakkato ertönte, schwiegen alle. Seine Mitteilung war kurz und bündig. Die Polizei untersuche einen Mordfall. Sie habe Grund zu der Annahme, einige Leute hier könnten ihr bei den Ermittlungen weiterhelfen. Er sei sicher, daß jede Person die Polizei in der Erfüllung ihrer Pflichten unterstützen werde.

„Verdammte Bullen“, sagte Vic Carbond zu Sybil, die sich bei dem Streit zwischen Charlie und Malcolm weiter nach vorn geschoben hatte.

Sie feixte bei dem Gedanken, was Carbond wohl sagen würde, wenn er wüßte, daß die Kriminalkommissarin Carol Ashton ihre Geliebte war. „Sie schätzen die Polizei wohl nicht?“ erkundigte sie sich.

Er zuckte die Achseln. „Sie sind so verdammt dumm – die meisten von ihnen“, sagte er. „Ein Haufen Schreibtischärsche und die Hälfte davon hier am Drehort.“

„Mr. Carbond?“ sagte eine förmliche Stimme. „Würden Sie bitte mitkommen, hier entlang.“

Bourke stand in Carols Bürotür. „Helen Tolstens Wagen ist gefunden worden.“

Carol sah von ihrem Bericht auf. „Wo?“

„Auf dem Parkplatz des Senders. Sie ist dorthin zurückgekehrt, nachdem sie Madeline Shipley und ihren Mann verlassen hat.“

Sie machte ihm ein Zeichen, sich zu setzen. „Könnte auch jemand anders den Wagen gefahren haben?“

Er nahm einen Aktenstapel vom Stuhl und legte ihn ordentlich in ihren Posteingangskorb. „Schon möglich. Die Betriebsangehörigen müssen einen Parkausweis am Wagen haben, um reinzukommen. Der Pförtner ist angewiesen, nicht nur die Gültigkeit des Ausweises zu prüfen, sondern auch das Kennzeichen und die Zeit einzutragen. In der Praxis aber winkt er jeden durch, der einen offiziellen Eindruck macht – zum Teufel mit dem ganzen Registrierkram.“

„Also hätte Helens Wagen auch zu einer anderen Zeit dort abgestellt werden können."

„Die Anstalt sendet vierundzwanzig Stunden am Tag, somit ist dort durchgängig Betrieb. Natürlich sagt er, er erinnere sich, daß Helen so gegen halb elf reingefahren sei."

Carol lehnte sich zurück und sah ihn nachdenklich an. „Du klingst nicht sonderlich überzeugt."

„Ich glaube nicht, daß wir uns groß auf das verlassen können, was er sagt. Es ist kein fesselnder Job, und er ist auch nicht gerade der Gescheiteste. Außerdem hat er einen tragbaren Fernseher in seiner Pförtnerloge. Vielleicht ist sie ja auch früher auf den Parkplatz gefahren und dort umgebracht worden. Ich weiß nur, daß sie sich nicht eingetragen hat, um den Sender zu betreten, und das scheint durch den Sicherheitsdienst sehr genau verbürgt zu sein." Er reichte ihr ein kopiertes Blatt. „Dies ist die Registrierung des Sicherheitsdienstes von gestern abend. Sieht aus, als sei das in Ordnung."

Carol griff grübelnd danach. „Also besteht die Möglichkeit, daß Helen jemanden auf dem Parkplatz getroffen hat. Zweifellos wäre es eine allzu große Hoffnung, der Pförtner könne sich vielleicht erinnern, wann sie den Parkplatz verlassen hat, entweder zu Fuß oder in einem Wagen mit jemand anderem?"

„Eine viel zu große Hoffnung, Carol. Es scheint, daß er den Wagen, die auf den Parkplatz fahren, so wenig Aufmerksamkeit widmet wie nur möglich. Denen, die wegfahren, schenkt er vermutlich nicht mal einen flüchtigen Blick."

Carol spielte nachdenklich mit ihrem schwarzen Opalring. Bourke sagte: „Ich habe Himmel und Hölle in Bewegung gesetzt. Die Obduktion läuft bereits, und ich sorge dafür, daß du den Bericht so bald wie möglich auf dem Tisch hast."

Carol nickte müde, und nach einer Weile sagte Bourke: „Hast du bemerkt, daß er sich jetzt den Westen vorgeknöpft hat...? Als ob er sich entschlossen hätte, jeden großen Bezirk der Stadt heimzusuchen."

„Selbst wenn das stimmt, hilft uns das nicht viel weiter."

„Und obendrein hat er meine liebste Hypothese rücksichtslos über den Haufen geworfen. Erinnerst du dich, daß ich gesagt habe, das nächste Opfer sucht er sich bestimmt in einer der anderen großen Religionen? Nun, es ist zum zweitenmal eine Katholikin. Da fragst du dich doch, worauf du dich eigentlich noch verlassen kannst, Carol. Also wirklich."

„Syb, der Bourke hat mich gefragt, wo ich gestern nacht war. Wollte alles ganz genau wissen", brüstete sich Malcolm mit ziemlicher Zufriedenheit.

Kirra fühlte sich offenbar nicht genug beachtet, das wurmte sie. „Mich fragt man überhaupt nicht. Nicht ein einziges Wort."

„Du bist ja schließlich noch ein Kind – deshalb. Du wärst doch überhaupt keine Hilfe."

„Warst *du* eine Hilfe?" fragte Sybil ohne sichtliche Arglist.

Während er noch über eine Antwort nachdachte, musterte Kirra ihn aufmerksam. Sie fragte: „Glaubt die Polizei, daß du der gelbe Würger bist?"

„Natürlich nicht!"

„Warum macht es dir dann was aus, wenn sie dich fragen?"

„Das verstehst du nicht", sagte er von oben herab und dann zu Sybil: „Muß meinen Text für die nächste Szene mit Amy lernen. Kann leider den Unterricht nicht zu Ende machen."

Kirra wartete, bis er den Wohnwagen verlassen hatte, ehe sie sagte: „Es tut ihm nicht leid, meine ich, wissen Sie."

Sybil lächelte sie mechanisch an, während die sich den hübschen Teenager Malcolm in der Rolle des Mörders vorstellte. Er war groß und stark, und sie konnte sich beunruhigend deutlich ausmalen, wie seine großen gebräunten Hände mit einem Stück knallgelber Kordel einer verzweifelt nach Luft ringenden Frau das Leben abwürgten.

Diesmal kam Bourke schnurstracks in Carols Büro und setzte sich. „Um welche Zeit haben Paul, Madeline und das Opfer gestern zu Abend gegessen?"

Carol dachte, wie sehr es Helen Tolsten geärgert hätte, jetzt zum Opfer reduziert worden zu sein. Sie sah die Notizen durch, die sie beim Gespräch mit Edna gemacht hatte. „Halb neun bis neun. Dann hat die Haushälterin den Geschirrspüler angestellt, gute Nacht gesagt und ist gegangen."

Bourke reichte ihr einige zusammengeheftete Seiten. „Hier ist der Obduktionsbericht, der besagt, daß sie am Abend gestorben ist. Dem Verdauungsprozeß nach ist sie innerhalb einer Stunde nach dem Verzehr gestorben... allerhöchstens eineinhalb Stunden danach."

„Eine Stunde? Paul Crusoe sagt, sie ging zwischen halb zehn und zehn. Wenn sie um neun mit dem Essen fertig war, läßt ihr das nicht viel Zeit, irgendwen irgendwoanders zu treffen."

Bourke machte ein zufriedenes Gesicht. „Wohl kaum, nicht wahr? Sieht fast so aus, als ob La Shipley und Paul sie gemeinsam aus dem Weg geräumt hätten."

Carol hob die Brauen. „Du denkst, sie arbeiten als Team zusammen, um sich Madelines persönlicher Assistentin zu entledigen? Das ist einfach zu nahe beim Haus, und so dumm sind sie nicht."

Er stützte einen Ellbogen auf die Schreibtischkante und sagte überzeugt: „Es könnte auch einer oder eine der beiden allein gearbeitet haben. Du hast gesagt, beide hätten kein Alibi – Madeline sagt, sie ist sofort zu Bett gegangen und eingeschlafen, Paul sagt, er hat gemalt, nur kann ich mir nicht vorstellen, warum zum Teufel er das bei künstlichem Licht tun sollte."

Carol, der Pauls Bilder fast genauso mißfielen wie seine Person, bemühte sich, fair zu sein. „Da muß es doch eine Menge geben, das ein Künstler bei künstlichem Licht tun kann... Szenerien skizzieren oder Figuren – solche Dinge."

Bourke grinste. „Wie wär's mit dem kunstvollen Ausblasen von Helen Tolstens Lebenslicht? Wäre es nicht ein Leichtes, sich wie der perfekte Gastgeber zu verabschieden, der Ehegemahlin einen Gutenachtkuß zu geben, dann Helen nachzugehen, die gerade in ihren Wagen steigen will, sie umzubringen und ihren Leichnam zu verstecken, um ihn später wegzubringen?"

„Und warum ihren Wagen zum Parkplatz des Senders fahren?"

„Damit es so aussieht, als hätte sie ihren Mörder dort getroffen."

„Die Person, die ihr Auto dort abgestellt hat, wäre zu Fuß gewesen. Wie ist er oder sie von da weggekommen? Gelaufen?"

„Ich überprüfe die Taxis", sagte Bourke, „aber ich stelle mir das Szenario so vor, daß Madeline Shipley in ihrem Wagen sitzt und vor dem Sender auf Paul wartet. Wie gefällt dir das?"

„Nicht besonders", antwortete Carol.

13

Helen Tolstens Leichnam war am Morgen gefunden worden, doch Carol kam es so vor, als wäre es schon eine ganze Weile her. Der Tag war ein Wirbel von Aktivitäten gewesen – ständig hatte das Telefon geläutet, Teilinformationen von diversen Ermittlungsbeamten waren hereingeflutet, der Polizeichef persönlich hatte ihr einen Besuch abgestattet und beiläufig erwähnt, daß sein Freund, Wilbur Shearing, um einen Termin gebeten habe und um vier Uhr käme. Ob ihr das recht sei?

Shearing wurde von einem jungen Polizisten, der ihn nicht aus den Augen ließ, in Carols Büro geführt. Shearing lächelte den jungen Beamten an, wurde dann sofort ernst, als er seine ganze Aufmerksamkeit auf Carol richtete.

„Ich weiß, wie beschäftigt Sie sind, Kommissarin. Tut mir leid, aber ich mußte darauf bestehen, Sie zu sehen. Helen Tolstens Tod..."

Carol beobachtete ihn, während sie ihm ein Zeichen machte, Platz zu nehmen. Es war, als hätte dieser letzte Mord seine gewaltige Selbstsicherheit ein wenig erschüttert. Er schluckte mehrere Male nervös und zuckte unbehaglich die mächtigen Schultern, während er sich setzte. Sie beugte sich höchst interessiert vor und wartete.

Shearing räusperte sich, drehte seinen Kopf auf dem Specknacken, als müsse er eine Verspannung lockern. „Kommissarin, ich muß Ihnen leider gestehen, daß ich nicht ganz ehrlich zu Ihnen war..."

Carol rang sich ein leichtes Erstaunen ab, sagte aber nichts.

Er wartete auf Bestätigung. Carol sah ihn aufmunternd an.

Um Fassung bemüht, lehnte sich Shearing in seinem Stuhl

zurück. Er platzte heraus: „Ich bin einmal mit Maria Kelly ausgegangen. Sicher wissen Sie das längst. Es war nichts dabei. Sie war eine attraktive Frau. Ich habe sie bei den Dreharbeiten für eine Pilotsendung kennengelernt..."

Carol hatte ihren interessierten Gesichtsausdruck beibehalten, obwohl sie diese Enthüllung sehr überraschte. Sie hatte nicht erwartet, daß Wilbur Shearing mit dem ersten Opfer des gelben Würgers in Verbindung gestanden hatte. Jeden Vorwurf vermeidend, sagte sie: „Bei meiner ersten Befragung leugneten Sie, sie zu kennen."

„Kommissarin, Sie wissen doch, wie das ist. Ich konnte Ihnen ohnehin nicht weiterhelfen. Es war nichts dabei – bloß eine unverbindliche Verabredung."

Nicht als Frage, sondern als Feststellung warf sie ein: „Das war kurz bevor Maria Kelly umgebracht wurde."

Bei der Betonung des vorletzten Wortes wand er sich. „Ja. Ich war natürlich fassungslos, aber ich konnte ja nichts daran ändern – sie war tot, und offen gesagt, ich wollte nichts damit zu tun haben. Sie können sich vorstellen, wie eine solche Geschichte in den Medien ausgeschlachtet worden wäre."

Carol dachte an all die gewöhnlichen Leute, deren Tragödien von seinem Medienkonzern ausgeschlachtet und zur Erbauung und Unterhaltung der Öffentlichkeit aufgeblasen worden waren. „Es war Ihnen wichtig, Ihre Intimsphäre zu schützen?" fragte sie ironisch.

Doch jede beabsichtigte Kritik prallte offenbar an ihm ab. „Deshalb hielt ich es für das beste, es offen einzugestehen. Ich möchte nicht, daß irgendwas an die Öffentlichkeit dringt."

Irritiert fragte sie: „Aber wieso sollte es das? Das Interesse konzentriert sich schließlich auf Helen Tolstens Tod."

Er biß sich auf die Lippe, und sein Ausdruck veränderte sich. „Ach", sagte Carol, „Sie sind auch mit Helen Tolsten ausgegangen?"

„Nun ja, kann man so sagen. Nichts Ernstes, aber als ich hörte, wie sie gestorben ist, ist mir klargeworden, was für einen

Eindruck das machen würde, deshalb bin ich sofort zu Ihnen gekommen. Schließlich will ich ja nicht, daß Sie Ihre Zeit vergeuden, weil Sie eine falsche Fährte verfolgen."

Sie lächelte flüchtig. „Mit der falschen Fährte meinen Sie wohl sich?"

„Kommissarin, ich finde das ganz und gar nicht lustig."

Carol stand auf. „Ich auch nicht, Mr. Shearing. Können Sie mir sagen, wo Sie gestern nacht waren?"

„Sie wollen mich doch wohl nicht beschuldigen..."

„Es wäre sehr hilfreich, wenn Sie uns Auskunft geben."

„Ich war den Abend größtenteils allein. Hab' in meinem Stammrestaurant etwas gegessen – man wird das bestätigen – und bin dann nach Hause gegangen."

„Wann haben Sie das Restaurant verlassen?"

Er fuhr sich mit der Hand durch das dichte krause Haar. „Weiß nicht genau. Wahrscheinlich gegen halb zehn, vielleicht etwas später."

Carol sah ihm direkt in die Augen, und mit fast arrogantem Ausdruck hielt er ihrem Blick stand. Sie sagte: „Ich werde veranlassen, daß Ihre Aussage zu Protokoll genommen wird. Wir benötigen Daten, Uhrzeit und Orte, sowie die genaue Schilderung sämtlicher Einzelheiten."

„Ich möchte, daß Sie mir garantieren, daß nichts davon an die Presse durchsickert."

Sie verbiß sich ihren Zorn und sagte kühl: „Daß es unmöglich ist, so etwas zu garantieren, sollten Sie doch am besten wissen."

Als sie Bourke Shearings Aussageprotokoll reichte, sagte sie: „Ich will wissen, ob es bis ins Detail der Wahrheit entspricht. Vielleicht hat er sich so frei und offenherzig gegeben in der Hoffnung, daß wir nicht genauer hinschauen."

Bourke überflog das Protokoll. Er spitzte die Lippen. „Vielleicht könnte auch er der Würger sein, doch halte ich das für immer weniger wahrscheinlich. Wilbur Shearing als Mörder von fünf Frauen, mir scheint, das paßt einfach nicht, schon gar nicht als Mörder von Helen Tolsten, bei dieser Verbindung – er hätte doch nicht eine Frau umgebracht, die er so offen ausgeführt hat, würde ich meinen." Er grübelte. „Was zum Teufel könnte übrigens einer wie Shearing an Helen Tolsten gefunden haben?"

„Vielleicht hatten sie ja beide was davon."

„Was zum Beispiel?"

„Genau das sollst du ja rausfinden." Sie kritzelte Kringel und Kreise auf den Rand eines Papiers. Dann sagte sie: „Was, wenn dies der erste Mord ist, den der Serienmörder nicht begangen hat? Was, wenn der Mord an Helen Tolsten eine bewußte Nachahmung ist?"

Bourke schüttelte zweifelnd den Kopf. „Es ist eine zu gute Nachahmung. Mal abgesehen von der identischen gelben Kordel, beweist die Verfärbung, daß Helen, wie alle anderen auch, an einem Ort ermordet und dann eine Zeitlang versteckt wurde, bevor sie zum Parramatta Park gebracht wurde."

Carol warf den Stift hin. „Also ist es ein und derselbe – und er wird sich nicht mit fünfen begnügen."

„Warum sollte er? Schließlich hält er sich für unbesiegbar, und wir haben ihm bisher nicht das Gegenteil beweisen können."

Carol ließ ihre Wagenschlüssel auf die Küchenbar fallen. „Wo steckst du?" rief sie, plötzlich beunruhigt.

„Im Gästezimmer. Ich packe. Wir fahren übermorgen nach Ayers Rock."

„Ich bewundere deine Effizienz", sagte Carol und küßte sie flüchtig. Sie wechselte ihre Kleidung, streifte Jeans und ein Hemd über, dann kam sie wieder herein und sagte: „Mark und ich werden morgen am Drehort sein, um mit ein paar Leuten zu reden."

Sybil blickte vom Packen auf. „Ohne Zweifel soll ich so tun, als hätte ich dich noch nie im Leben gesehen."

„Es ist nur zu deinem Schutz... für den Fall, daß...“

„Wenn du meinst“, sagte Sybil lässig.

Während Carol von der Türschwelle aus Sybil beim Packen zusah, fiel ihr Bourkes Bemerkung über den Würger ein – *weiß, wie man knitterfrei faltet, packt sehr ordentlich...*

„Sybil, hast du viel mit Alice Fleming zu tun?“

„Wird sie verdächtigt?“

„Vielleicht.“

Sybil drehte sich um und blickte sie an. „Du machst wohl Witze?“

„Die Kleider eines jeden Opfers sind äußerst sorgsam zusammengefaltet, als sollten sie in einen Koffer gepackt werden. Alles ist höchst ordentlich, akkurat.“

„Auf Alice trifft diese Beschreibung nicht zu – jedenfalls was sie persönlich betrifft... Sie mag es lieber ein wenig schlampig. Was aber die Kostüme angeht, nun, da könnte man vermutlich sagen, es ist ihr Job, äußerst sorgfältig zu sein.“

Carol starrte nachdenklich auf den halb gepackten Koffer. „Besteht irgendeine Möglichkeit, daß du nicht mit nach Ayers Rock fährst? Mußt du unbedingt dort sein?“

„So steht es in meinem Vertrag, Carol. Kirra und Malcolm spielen in einigen Szenen mit, die da draußen gedreht werden, deshalb muß ich als Tutorin dort sein.“

„Die Sache ist die, daß die Verbindung vom Würger zu Shearings Fernsehsender offenbar immer enger wird. Es wäre mir sehr viel lieber, wenn du nicht mitfährst.“

„Carol, die meiste Zeit werden wir draußen in der Wüste sein. Im Team kennt jeder jeden, und Privatheit wird es kaum geben. Glaubst du wirklich, daß jemand in solch einer Situation einen Mord planen wird?“

„Du mußt begreifen, daß er das Risiko liebt.“ Ihre Stimme klang vor Sorge ganz eindringlich. „Psychopathen leiden nicht unter Nervosität oder Ängsten, wie wir es täten... Sie können sich buchstäblich nicht vorstellen, geschnappt zu werden.“

„Und du hast bisher noch keinen Bestimmten in Verdacht?“

„Nein." Sie sah zu, wie Sybil ihre Schuhe in die Kofferecken stopfte. „Schatz, als du das Team von *Tod in Australien* das erstemal gesehen hast, kam dir da jemand bekannt vor... hattest du das Gefühl, du hättest irgendwen schon mal gesehen?"

„Ripley Patterson", antwortete Sybil prompt. „Weil er ein wirklicher Star ist", fügte sie grinsend hinzu.

„Und außer ihm – jemand vom Filmteam zum Beispiel?"

„Ich glaube nicht. Warum?"

„Weil Mark und ich glauben, ein bekanntes Gesicht gesehen zu haben, aber wir können uns beide nicht erinnern, wer oder in welchem Zusammenhang."

„Jemand, der vorbestraft ist? Ein früherer Liebhaber?" fragte Sybil leichthin.

Carol packte Sybils Hand. „Ich liebe dich", sagte sie unvermittelt, und beide wunderten sich über die Ernsthaftigkeit.

Sybil nahm es bewußt scherzhaft. „Ist es, weil ich wegfahre? Steigert die Vorstellung meiner Abwesenheit etwa die Liebe in deinem Herzen?"

Als später an diesem Abend die alte Kaffeemaschine blubberte und zischte, setzte sich Carol auf den hohen Stuhl an die Frühstücksbar, brütete müde über Bourkes säuberlicher Schrift, die festgehalten hatte, wo sich die Hauptverdächtigen zur Zeit des Mordes an Helen Tolsten aufgehalten hatten.

„Willst du Kaffee?" rief sie zu Sybil hinüber.

„Nein, danke, ich gehe jetzt ins Bett... Brauchst du noch lange?"

„Eine Weile."

Barfuß im hellblauen Seidenpyjama kam Sybil herbei und schlang ihr den Arm um die Hüfte. „Kann ich dich gar nicht verführen?"

Carol küßte sie flüchtig. „Ich muß diese Akten wirklich noch durcharbeiten."

Sybil protestierte schwach: „Wir haben nur noch heute und morgen nacht. Das Team, also auch ich, fliegt Freitag ab."

„Gut, Schatz. Ich will sehen, daß es nicht zu lange dauert."

Sie goß sich eine Tasse Kaffee ein und überflog die Seiten, wobei sie sich zur Konzentration zwang. Die Obduktion hatte ergeben, daß der Verdauungsprozeß innerhalb einer Stunde nach Verzehr der kräftigen Mahlzeit, die Helen mit Paul und Madeline eingenommen hatte, gestoppt worden war, und dieser Zeitrahmen stimmte auch mit den anderen Indikatoren von Körpertemperatur und Totenstarre überein. Der Zeitpunkt des Todes lag deshalb etwa bei zehn Uhr am Dienstagabend.

Carol stützte grübelnd das Kinn in die Hand. Sicher dauerte die Fahrt zum Parramatta Park mindestens eine Stunde, das wäre also frühestens gegen elf Uhr nachts. Wie lange würde es dauern, den Leichnam zu entkleiden und zu drapieren? Und gewiß wäre die Möglichkeit unerwünschter Zeugen ziemlich groß. Insofern war es sinnvoll, bis zu den frühen Morgenstunden damit zu warten. Wo also wurde Helen Tolstens Leichnam versteckt, nachdem sie umgebracht worden war? In einem Wagen? Unter dem dichten Buschwerk bei den Fenstern von Paul Crusoes Atelier? In einer dunklen Ecke vom Parkplatz des Senders? Oder hatten Madeline und Paul sie gemeinsam umgebracht, nachdem die Haushälterin gute Nacht gesagt hatte, den Leichnam dann in ein Zimmer gelegt und in den frühen Morgenstunden weggeschafft?

Vic Carbond, Ripley Patterson, Luke West und Malcolm, der nie eine Gelegenheit verpaßte, sich auf der Leinwand zu sehen, hatten sich die Schnellkopie der Montagsszenen im Studio in Darlinghurst angesehen und waren um neun auseinandergegangen. Vic Carbond ging direkt in eine Kneipe nebenan und war der Bedienung unangenehm aufgefallen, weil er unflätige Witze über sie gerissen hatte, worüber die beschwipsten Besitzer sich totlachten. Sie wußte nicht genau, wann er gegangen war. Er sagte, es sei weit nach halb elf gewesen.

Malcolm Murtry behauptete, er habe ein Taxi nach Kings Cross genommen, dort sei er allein eine Zeitlang durchs Amüsierviertel gestreift. „Nur so, um irgendwas zu tun... Hab' mich halt etwas umgesehen." Und dann sei er gegen elf nach Hause gegangen. Sein Vater und sein Bruder seien schon im Bett gewesen, also konnten sie den Zeitpunkt seiner Rückkehr weder bestätigen noch sagen, ob er später noch einmal weggegangen war.

Ripley Patterson war geradewegs in sein Hotel gefahren, um seinen Text zu lernen und früh zu Bett zu gehen. Er habe mit niemandem gesprochen und auch keine Anrufe erhalten.

Luke West hatte seine Tante Bea angerufen, die allein in einem Appartmenthaus in der Innenstadt wohnte, dort habe er das defekte Licht im Badezimmer repariert und sei gegen Viertel vor elf wieder gegangen.

Wilbur Shearings Aussage mußte noch überprüft werden. Alice Fleming hatte von sieben Uhr an ihre Enkelin gehütet, und Charlie Date hatte eine therapeutische Beratung wegen seiner Alkohol- und Eheprobleme aufgesucht.

Paul Crusoe und Madeline Shipley waren mit Helen bis kurz vor ihrem Tod zusammengewesen, danach, so behauptete Madeline, sei sie zu Bett gegangen, und Paul versicherte, er habe bis nach zwölf in seinem Atelier gemalt.

Es war ein warmer Frühlingsabend gewesen, als Helen Tolsten starb. Bourke hegte die Hoffnung, Liebespaare, die im Parramatta Park spazierengegangen waren, hätten vielleicht irgend etwas gesehen, doch von den Leuten, die sich auf den öffentlichen Aufruf hin meldeten, hatte niemand eine nützliche Information beigesteuert.

Allerdings hatte es ein beträchtliches nutzloses Echo gegeben; so hatte beispielsweise ein Mensch mit übersinnlichen Fähigkeiten den Mord an einer Frau mit den Initialen H.T. vorausgesagt; ein gutgekleideter ehemaliger Geschäftsmann meldete sich, der sich schon zu den meisten sensationellen Morden der letzten zehn Jahre bekannt hatte, und wollte auch Helen auf dem Kerbholz haben; und eine überzeugende, handfeste Frau mittleren Alters zeigte an, daß ihr jüngerer Bruder sie nicht nur ständig durch Telepathie mit Botschaften überflutete, sondern zumindest für die beiden letzten Morde des gelben Würgers verantwortlich sei – für die übrigen drei sei ihr anderer Bruder zuständig.

Carol stopfte die Papiere in ihren Aktenkoffer und ging ins Schlafzimmer. Sie konnte Sybils gleichmäßigen Atem hören.

„Liebste, bist du noch wach?"

Carol geriet ins Grübeln, denn ihr wurde bewußt, wie erleichtert sie war, als sie merkte, daß Sybil schon schlief.

14

Am Donnerstag war es klar und sehr windig. Wolkenfetzen jagten über den Himmel, die Eukalyptuszweige peitschten, die Bäume ächzten.

Carol war bei Sonnenaufgang aufgestanden und hatte sich beim Kaffeetrinken eine Reihe von Fragen notiert, auf die Bourke bisher noch keine Antworten geliefert hatte.

Gedankenverloren starrte sie durch die Glastüren auf die Terrasse, wo die beiden Kater sich balgten. Bei stürmischem Wetter waren sie immer ganz aus dem Häuschen und vergaßen, daß sie sich eigentlich schon in gesetztem Alter befanden. Sie tollten und tobten miteinander, und das Spiel endete jedesmal in einer Keilerei.

Gerade als Carol sich zum Gehen anschickte, kam Sybil herein. „Komm heute abend nicht so spät nach Hause", bat sie.

„Verlaß dich drauf." In einer Anwandlung von Zärtlichkeit umschlang Carol sie heftig und drückte sie an sich.

Obwohl sie so früh ins Büro kam, war Bourke schon da. Er brachte ihr einen Becher Kaffee, setzte sich auf die Schreibtischkante und überflog Carols Liste. „Nun ja, Carol, ein paar Antworten gibt es inzwischen. Erstens: Du sagtest, Malcolm Murtry habe Narelle Dent einige Zeit vor ihrem Tod im Fernsehen gesehen. Ich habe Ferguson darauf angesetzt, und er sagt, eine ihrer Freundinnen erinnere sich, daß sie als Augenzeugin in irgendeiner Sache interviewt worden sei. In welcher, wissen wir noch nicht – es sei in den Nachrichten gewesen, vielleicht ein Unfall, ein Brand oder so. Ich habe Ferguson gesagt, er soll das weiter ermitteln."

Skeptisch beäugte Carol den Inhalt des Bechers, den er ihr gegeben hatte. „Soll das etwa Kaffee sein?"

„So was Ähnliches", antwortete Bourke grinsend. „Jedenfalls das Beste, was hier zu kriegen ist." Er nahm sich die Liste wieder vor. „Was die Beziehung zwischen Shearing und Helen Tolsten angeht – die vorherrschende Meinung ist, sie tat's wegen ihrer Karriere, er wegen Sex. Und zu Alissa Harvey – nein, sie hat die Werbefotos von Malcolm Murtry nicht gemacht, sondern sein Agent hat sich darum gekümmert, zweifellos gegen Provision vom Fotografen."

„Hast du dich schon um den Zeitungsartikel kümmern können?"

„In dem die Geliebte auspackt? Na, das ist vielleicht ein Charmebolzen. Hatte gestern abend das Vergnügen mit der Dame. Natürlich hat sie für den Artikel ordentlich kassiert und behauptet, die Journalisten hätten ihr das Wort im Mund rumgedreht. Immerhin habe ich aus ihr herausgekriegt, daß Alissa hinter einer Sache her war, die mit Gewalt in der Ehe zu tun hatte."

„Mark, das könnte mit dem Fernandezfall in Verbindung stehen. Ich möchte, daß du noch mal zu ihren Eltern gehst und fragst, ob du Alissas persönliche Papiere und Fotos durchsehen darfst. Ich denke, sie werden nichts dagegen haben – wenn doch, besorg dir einen Durchsuchungsbefehl."

„Gut. Nun zum Foto vom Haus auf Alissas Film... Ist dir klar, daß Sydney über drei Millionen Einwohner hat?"

„Willst du mir damit zu verstehen geben, daß ihr es noch nicht identifiziert habt?"

„Wir wissen lediglich, daß es ein Altbau ist, der sich in einem der älteren Stadtteile befinden muß. Das ist vorläufig alles. Ferguson läßt ein paar junge Beamte die Gegend abklappern und Bezirksämtern und Häusermaklern die Fotos vorlegen. Das braucht noch eine ganze Weile."

Plötzlich schoß Carol ein Gedanke durch den Kopf. „Sally-Jean Cross war Journalistin. Woran hat sie gearbeitet, zur Zeit als sie starb?"

Bourke runzelte die Stirn. „Hm, jedenfalls hatte es nichts mit Gewalt in der Ehe zu tun. Etwas über Opfer von Verbrechen und Traumatherapie, glaube ich."

„Keine Verbindung zu Alissa Harvey? Könnte sie nicht für Sally-Jean fotografiert haben?"

„Nichts deutet darauf hin, daß sie sich gekannt haben, obwohl sie sich natürlich zufällig begegnet sein können."

Carol hatte eine dunkle Ahnung, doch je mehr sie sich den Kopf zerbrach, desto mehr entglitt die vage Erinnerung. „Mark, wir beide haben das Gefühl, daß uns irgendwer bei den Filmarbeiten bekannt vorgekommen ist. Bist du inzwischen draufgekommen, um wen es sich handelt?"

„Nein, aber es muß schon sehr lange zurückliegen. Ich hab' mich gefragt, ob uns nicht vielleicht bloß eine Schauspielerin oder ein Schauspieler aus einer Nebenrolle bekannt vorkam... Manche sind seit Jahren immer mal wieder im Fernsehen..."

Carol nickte und ließ das Thema fallen. Sie wußte, daß sich irgendwo in ihrem Unterbewußtsein etwas regte, sie irritierte, bis es endlich ans Licht kam.

Tod in Australien wurde auch heute im Harold Park gedreht.

Die Tribünen waren leer, nur in den unteren Reihen drängten sich in der Mode der fünfziger Jahre gekleidete Statisten und Statistinnen, die, so gut sie konnten, Publikum spielten. Gestriegelte Rennpferde tänzelten mit ihren nervösen Reitern im Sattel, alles wartete auf das Startzeichen.

Vic Carbond, der Gott dieser fiktiven Welt, schäumte, als zwei Eindringlinge den Drehort betraten – ganz offensichtlich wieder die Polizei.

„Dies ist jetzt schon das zweite Mal, daß Sie mir in die Szene reinplatzen!" brüllte er. „Gestern habt ihr Bullen uns auch schon aufgehalten. Hören Sie, wir haben eine Deadline. Wir müssen zum Wochenende in Zentralaustralien sein. Wir haben bereits überzogen, und in der Wüste wird's immer heißer. Ich verbitte mir jede weitere Unterbrechung."

Widerwillig ließ er Luke West gehen: „... Aber nur für eine halbe Stunde, dann brauch' ich ihn. Verstanden? Die anderen – bringen Sie die ja nicht weg. Ich will, daß sie in Hörweite bleiben."

Grinsend nahm Luke in Ripley Pattersons komfortablem Wohnwagen Platz: „Der arme Ripley hat bald die Schnauze voll, wenn ihr Polizisten dauernd sein Kabuff konfisziert", bemerkte er.

Bourke stellte ihm eine Reihe unverfänglicher Fragen über seine berufliche Laufbahn bei Shearings Film- und Fernsehproduktion. Carol saß daneben und beobachtete, wie er sein schütteres Haar glattstrich, sich aufsetzte, konzentriert und bereitwillig Auskunft gab, ohne übereifrig und allzu entgegenkommend zu wirken.

Ihr fiel ein, was Sybil über Luke gesagt hatte. „Er ist ein netter Kerl, umgänglich und unkompliziert, vielleicht etwas oberflächlich und ohne großen Tiefgang. Er war der einzige im Team, der mich wiedererkannt hat, aber er war sehr verständnisvoll und hat sein Versprechen gehalten, über meine Vergangenheit nichts zu verraten."

Wie ein Mensch bei einer Vernehmung reagierte, fand Carol immer sehr aufschlußreich. Wenn die Leute aus Angst oder vorsätzlich etwas zu verbergen suchten, teilten sie oft mehr mit als nötig, als wären sie darauf erpicht, alle Eventualitäten abzudekken. Luke machte einen entspannten, gelösten Eindruck und ging auf sämtliche Fragen hinlänglich ein, ohne darüber hinaus von sich aus etwas beizusteuern.

Bourke entschuldigte sich, die gleiche Frage noch einmal zu stellen wie sein Kollege gestern, erkundigte sich aber zum zweitenmal nach Lukes Alibi für die Zeit, als Helen Tolsten umgebracht wurde.

Luke wiederholte, was sie bereits wußten: daß er bei seiner Tante Bea gewesen sei und einen defekten Lichtschalter im Badezimmer repariert habe.

„Wann sind Sie gegangen?"

„Gegen elf, vielleicht auch halb zwölf.“

Carol fragte: „Besuchen Sie Ihre Tante oft?“

„Natürlich. Sie hat mich großgezogen, als meine Eltern gestorben waren, und nachdem jetzt Onkel Jim tot ist, seh' ich häufig bei ihr rein, repariere irgendwas und helfe ihr.“

Bourke bemerkte, daß er einige Male die Geschwindigkeit übertreten hatte.

„Ich bin früher Motorrad gefahren, als ich noch jung war – die üblichen Dummejungenstreiche...“ Er grinste. „Heutzutage fahre ich Auto, und das sehr gemächlich.“

Bourke fragte, ob er sich Lukes Lastwagen und seine Ausrüstung ansehen könne. Währenddessen unterhielt Carol sich mit Alice Fleming.

Alice brannte offensichtlich darauf. Sie hatte ihr Haar mit einem breiten Gummiband zu einem Pferdeschwanz gerafft und trug ein Hängerkleid von undefinierbarer Farbe. Sie machte es sich zu einem netten Plausch bequem. „Das ganze Team unterhält sich mit mir“, erklärte sie, „ich kenne sie alle und bin völlig schockiert, daß einer von ihnen dieser gräßliche Mörder sein könnte – schon der Gedanke jagt mir einen furchtbaren Schrecken ein!“

„Das ist tatsächlich beunruhigend“, stimmte Carol ihr zu.

„Freilich habe ich meinen Verdacht, aber nichts, worauf ich wirklich den Finger legen könnte, wie man so sagt.“

„Bitte, erzählen Sie mir alles, was uns weiterhelfen könnte.“

„Ich will ja keine Namen nennen, verstehen Sie. Ich meine, es ist schließlich bloß ein Verdacht... ein Gefühl...“

Carol verdrehte im Geist entnervt die Augen, behielt aber ihren aufmerksam-interessierten Ausdruck bei.

Alice kaute auf ihrer Lippe, würgte an dem Namen herum und spuckte ihn endlich aus: „Charlie Date!“

„Sie haben Grund zu der Annahme, daß Charlie Date der Mörder sein könnte?“

Die freundliche Frage führte prompt zu einem vehementen Rückzieher: Nie würde sie, Alice, jemanden des Mordes verdächtigen, sie doch nicht, nicht mal Charlie Date. Er sei zwar ein brutaler Kerl, das müsse sie schon sagen, aber schließlich gelte für ihn wie für alle anderen: Im Zweifel für den Angeklagten... Wenn die Kommissarin ihn allerdings mal genau unter die Lupe nähme, käme, da sei sie ganz sicher, bestimmt was Anstößiges, was ganz Hinterhältiges ans Licht...

Gern hätte Carol gewußt, ob sie einen persönlichen Groll auf Charlie Date hegte oder ihre Kollegen im allgemeinen für gewöhnlich in die Pfanne haute, und fragte Alice nach ihrer Meinung über die anderen Leute im Team. Über Vic Carbond machte sie ein paar verächtliche Bemerkungen zu seinem Privatleben, ansonsten aber lobte sie ihn als Regisseur. Hingegen war Ripley Patterson, wie nach ihrer Meinung ein Gentleman sein sollte.

Carol unterbrach ihre Lobeshymne und erkundigte sich nach Malcolm Murtry.

„Malcolm?" sagte Alice geringschätzig. „Etwas groß für seine Schuhnummer... hält sich für den neuen James Dean, der Lackaffe. Stolziert überall rum und versucht sexy auszusehen..." Dann schüttelte sie sich vor Lachen und sagte: „Dabei kommt es mir vor, als sei ihm bloß die Hose zu eng."

Luke West hielt sie für einen netten Typ, wenn auch irgendwie ein wenig reserviert. „Wissen Sie, manchmal habe ich das Gefühl, als ob er mich bewußt meidet. Einer von der Sorte, wissen Sie."

Ironisch dachte Carol, daß sie selbst unter diesen Umständen vielleicht auch lieber „eine von der Sorte" war, was Alice anbetraf. „Sie arbeiten schon länger bei Shearing?" fragte sie.

Sogleich kam Alice auf Shearing zu sprechen, ohne sich erst darum bitten zu lassen. Sally-Jean sei ihre persönliche Freundin gewesen, erklärte sie. „Und Shearing hat sie wie ein Stück Dreck behandelt, wissen Sie, hat sie wegen dieser jungen Tusnelda einfach abserviert. Natürlich kenne ich Wilbur schon seit Jahren, hatte immer mal wieder mit ihm zu tun. Eins muß man ihm allerdings lassen – er weiß, wie man Geld macht. Und als

Chef ist er großzügig, ich meine, ich persönlich kann mich nicht beklagen, aber er hat Feinde – und nicht zu knapp."

Carol ließ sie eine Zeitlang reden, ohne daß etwas wirklich Interessantes dabei herauskam. Dann unterbrach sie sie: „Am Dienstagabend haben Sie Ihre Enkelin gehütet?"

Woraufhin Alice in ihrer Tasche wühlte und ein paar Fotos zutage förderte; sie gehörte zu jenen entwaffnenden Leuten, die glauben, dem Charme von Enkelkindern könne einfach niemand widerstehen. Lächelnd sagte Carol: „Es ist wohl ein sehr braves Kind? Schläft die ganze Nacht durch, wenn sie bei Ihnen ist?"

Alices Begeisterung verflog augenblicklich. „Ich muß mich dauernd um sie kümmern und kann sie keinen Moment aus den Augen lassen."

Ganz schön raffiniert, dachte Carol und korrigierte ihre Meinung von Alice, die auf der Stelle des Pudels Kern erkannt hatte.

Bourke kam mit Charlie Date herein, und prompt erhob sich Alice bei seinem Anblick. „Kommissarin, Sie brauchen mich wohl nicht mehr?" fragte sie, wobei sie Charlie einen hämisch-zufriedenen Blick zuwarf.

Charlie Date wirkte niedergeschlagen. „Sicher ist es wegen Helen", bemerkte er, als Bourke auf einen Stuhl wies. „Ich kannte sie gut, und ich finde ganz furchtbar, was ihr geschehen ist."

Auch wenn sein Bedauern aufrichtig klang, erinnerte sich Carol daran, daß der Mensch, nach dem sie fahndeten, ein blendender Schauspieler sein mußte. Sie fragte: „Sie waren befreundet?"

„Nicht wirklich. Ich habe ein halbes Jahr beim *Shipley Report* gearbeitet und hatte sehr viel mit ihr zu tun. Es war toll, mit ihr zusammenzuarbeiten – sie war so effizient, und niemand hat ihr was vormachen können. Ich kann gar nicht glauben, was ihr passiert ist... Sie war die letzte, von der du dachtest, daß sie ermordet würde."

Bourke horchte auf: „Warum sagen Sie das?"

„Weil sie immer alles unter Kontrolle hatte. Sie wußte, wohin sie ging, was passieren würde. Wie konnte sie zulassen, daß jemand sie umbringt?"

„Was ist, wenn es ein Freund war, ein Bekannter...", fragte Bourke, „jemand wie Sie zum Beispiel? Da wäre sie ja wohl kaum auf der Hut gewesen."

Charlie parierte Bourkes Schlag nicht. „Vielleicht ist es das", antwortete er.

Bourke sah ins Protokoll. „Sie waren gestern abend bei einem Therapeuten."

Interessiert beobachtete Carol, wie Charlie verlegen zu Boden starrte. Bourke wiederholte seine Frage.

„Ich habe Sie schon verstanden. Ich möchte nicht über mein Privatleben reden."

„Es geht um das Alibi."

Charlie schob Bourke eine Visitenkarte in die Hand. „Hören Sie, ich möchte nicht darüber reden. Rufen Sie ihn an, und überprüfen Sie meinetwegen den Termin. Er wird Ihnen sagen, daß ich von halb acht bis halb neun dort war."

Bourke reichte Carol die Visitenkarte. Die Adresse lag höchstens fünf Autominuten vom Sender entfernt.

„Was haben Sie anschließend gemacht?" fragte Bourke.

„Ich bin nach Hause gefahren. Was sonst?"

„Sie leben allein?"

Zum erstenmal zeigte er Gefühle. „O ja", sagte er bitter. „Ich lebe allein."

Vic Carbond hatte sich strikt geweigert, vor der Mittagspause mit ihnen zu reden. Er hatte sich Kaffee über sein *Tod in Australien*-Hemd gekleckert, und Carol fragte sich, warum er sich ausgerechnet für Weiß entschieden hatte – Dunkel hätte viel besser zu ihm gepaßt.

„Nun machen Sie schon", raunzte er, dann sah er Carol an. „Ich kann nur sagen, daß Sie Ihre Zeit verschwenden – ich kann Ihnen nicht weiterhelfen."

Bourke begann die Vernehmung mit der Frage, was Carbond am Abend, als Helen Tolsten starb, getan habe. Carbond antwortete bissig und immer ungeduldiger. „Hören Sie, diese verdammte Serviererin erinnert sich doch, daß ich in der Kneipe war, stimmt's? Und das ist auch alles – ich war bis spät abends da."

„Allerdings erinnert sich die Serviererin an Sie", bemerkte Carol, „weil Sie unflätige Witze über sie gemacht haben."

„Wie alle Frauen", giftete Carbond, „kann keinen Spaß vertragen. Außerdem ist sie eine Schlampe."

Carol ignorierte seinen Kommentar und fragte: „Was halten Sie von Helen Tolsten?"

„Was soll ich schon von ihr halten? Sie hat ganz schön schikaniert – sich in Shipleys Ruhm gesonnt. Das ist alles, was ich sagen kann. Ich hatte nicht viel mit ihr zu tun."

Carbond gab zu, daß Helen Tolsten mit ihm Madeline Shipleys Plan, bei den Außenaufnahmen in der Wüste dabeizusein, abgesprochen hatte, und schloß mit der Bemerkung: „Ich kannte sie kaum – war auch nicht meine Kragenweite. Hübsch war sie ohnehin nicht."

Als Carbond gegangen war, sagte Bourke: „Dieser Auftritt von ihm in der Kneipe... sieht mir fast so aus, als hätte er ihn bewußt inszeniert, damit sich die Serviererin an ihn erinnert, stimmt's?"

15

Am Abend hatte sich der stürmische Wind gelegt, es war schwül und drückend, Sprühregen hatte eingesetzt. Sybil und Carol standen in der Küche und bereiteten zusammen das Abendessen. „Ich habe dich im Harold Park nirgendwo gesehen."

„Ich habe im Wohnwagen unterrichtet."

Bei ihrem Ton zog Carol verwundert die Braue hoch. „Wohl keine sehr befriedigende Sache, was?"

Sybil lachte trübselig. „Nicht, wenn du's mit Malcolm Murtry, dem großen Filmstar, zu tun hast. Die Aufmerksamkeit, die ihr ihm geschenkt habt, ist ihm zu Kopf gestiegen, und der ist, so mein Verdacht, sein größter Schwachpunkt. Ihn heute im Wohnwagen festzunageln, hat mir den letzten Nerv geraubt – von unterrichten gar nicht zu reden."

„Heißt das, es beunruhigt ihn nicht, daß er vielleicht verdächtigt wird?"

Sybil hackte mit ungewohnter Heftigkeit auf eine Zucchini ein. „Malcolm würde es mehr beunruhigen, wenn er nicht zu dem Kreis gehörte. Er ist einer von denen, die in regelmäßigen Abständen eine Egomassage brauchen."

„Klingt nicht gerade, als ob du ihn magst."

Sybil ließ sich die Bemerkung durch den Kopf gehen. „Er ist ein Hohlkopf, egoistisch, auf sich selbst fixiert. Ansonsten ist er okay."

„Was hat er über die Morde gesagt?"

Sybil machte ein angewidertes Gesicht. „Ich glaube, er findet sie ziemlich aufregend... Und das lesbische Element hat's ihm ganz besonders angetan. Er fing ständig wieder davon an, bis ich's ihm gestochen habe." Carol sah sie von der Seite an, und Sybil grinste. „Nicht durch mein Bekenntnis, Carol. Keine Sorge, dein Geheimnis bleibt gewahrt."

Carol seufzte. „Da Madeline ihr Händchen im Spiel hat, vielleicht nicht mehr lange."

Sybil unterbrach ihre Attacke auf das Gemüse. „Was kannst du tun?"

„Nicht viel, schätze ich", antwortete Carol mit halbherzigem Lächeln. „Ich warte halt darauf, daß das Unvermeidliche passiert." Und mit übertriebener ironischer Fröhlichkeit fügte sie hinzu: „Und vielleicht ist das nicht das Schlechteste – schließlich habe ich's langsam satt, mir bei jedem Wort überlegen zu müssen, ob wohl jemand Verdacht schöpfen könnte."

„Möchtest du darüber reden?" fragte Sybil behutsam.

„Ich bin nicht sehr scharf drauf", sagte Carol ehrlich, „aber früher oder später muß ich's ja wohl. Dann also nach dem Essen." Damit stellte sie den kleinen Küchenfernseher an. „In der Zwischenzeit sehe ich mir an, wie der Engel mit dem Flammenschwert in Aktion tritt."

Madeline erschien in Großaufnahme. Die schwarze Jacke unterstrich den warmen Kupferton ihres Haars. Ihr Ausdruck war ernst, fast tragisch.

Ihre grauen Augen blickten starr in die Kamera, als sie begann: „Bis zu dieser Woche haben ich und alle meine Kolleginnen und Kollegen des *Shipley Reports* die Morde des gelben Würgers als schrecklich und grauenhaft empfunden... aber wir waren nicht direkt betroffen."

Sie hielt inne, schlug die Augen nieder. „Doch das ist jetzt nicht mehr der Fall..." Madeline hob den Blick wieder in die Kamera, den Tränen nahe, so schien es. „Das fünfte Opfer des gelben Würgers ist meine Mitarbeiterin und Freundin. Helen Tolsten starb, wie sie gelebt hat – im Dienste der Wahrheit, die zu ermitteln und Ihnen, dem Publikum, zu präsentieren, sie sich zur Aufgabe gemacht hat, und ihr Tod war grauenvoll. Ich appelliere an Sie, daß es nicht vergeblich gewesen ist."

„Das ist ja unerträglich“, sagte Sybil angewidert.

Schweigend hörte sich Carol an, wie Madeline einen Nachruf auf Helen Tolsten von sich gab, immer wieder ihren furchtlosen Einsatz für die Wahrheit schilderte.

„Wahrheit“, bemerkte Sybil sarkastisch, „ist ein ziemlich dehnbarer Begriff.“

„Ein öffentliches Bekenntnis – ist es das, was du von mir willst?“

Sybil schnaufte ärgerlich. „Carol, ich will überhaupt nichts von dir. Wir hatten vor, die Situation zu bereden, also laß uns drüber reden.“

Carol warf die Hände hoch. „Es ist völlig egal, was ich mache, ich verliere sowieso. Wenn ich den Mund halte, wird es irgendwann rauskommen, und die Leute werden sich das Maul zerreißen... Wenn ich unumwunden erkläre, daß ich lesbisch bin...“

Sie schüttelte den Kopf. „Warum ziehe ich das überhaupt in Erwägung? Ich weiß ja, daß ich's nicht tun werde.“

Sybil betrachtete sie nachdenklich, wie sie jetzt im Wohnzimmer auf und ab marschierte. Sie sagte: „Ich glaube, es geht hier um den persönlichen Stolz. Es geht darum, was für ein Gefühl du von dir selbst hast, das ist das Wesentliche – nicht was irgendwelche Leute sagen oder denken.“

„Das sagst du so einfach“, fuhr Carol sie wütend an.

„Das sag' ich nicht einfach, sondern es ist die Wahrheit“, widersprach Sybil heftig. „Carol, wir sitzen im selben Boot. Ich bin schließlich Lehrerin. Was glaubst du, was manche Eltern sagen? Wie schockiert sie bei dem Gedanken sind, daß schwule Lehrer, ob Frau oder Mann, ihre Kinder unterrichten könnten.“

Das alles ist viel zu schwierig, dachte Carol – aber diesmal komm' ich nicht drumrum, ich kann das Thema nicht mehr ignorieren. Sie setzte sich neben Sybil. „Ich habe da noch einiges vor mir, bis ich soweit bin – das gebe ich gern zu. Aber dir geht es ja nicht anders, Schatz.“

Sybil lächelte matt. „Das kannst du wohl sagen...“

Beide waren eine Weile in tiefe Gedanken versunken, dann sagte Carol: „Sybil, ich liebe dich."

„Ich danke dir."

„Ich danke dir? Wie meinst du das?"

„Ich meine, daß ich dir danken will", erklärte Sybil.

Carol lehnte sich zurück und lachte.

„Worüber lachst du?"

„Über mich. Über dich."

Sie zog Sybil zu sich herunter und küßte sie zärtlich und lange.

„Was denn, in aller Öffentlichkeit?" murmelte Sybil an ihrem Mund.

Carol küßte sie hingebungsvoll, umschlang sie, streichelte sie und küßte sie wieder. Das drängende Begehren machte einer Hitze Platz, die ihr tröstlich durch den ganzen Körper ging. Ohne Hast zog sie Sybil die Bluse aus, streifte ihr die Jeans ab – sie fühlte die Haut unter ihren Händen, spürte diese berauschende Glätte. Sie ließ sich von Sybil entkleiden, Haut auf Haut, ein erregender Genuß, das Gewicht der Geliebten auf ihrem ganzen Körper... So zögerte sie den Moment hinaus, der alles versprach. Ihre Lust war reine Sinnlichkeit, Küssen, Berühren, Verschlungensein. Alle Zeit war ausgelöscht, nichts anderes zählte mehr. Sie konzentrierte sich ganz auf Sybil, die unter ihren Händen zuckte und bebte. Und als sie ekstatisch zu stöhnen begann, kam sie mit ihr, unwillkürlich und ohne daß es ihr bewußt war.

Erschöpft lagen sie festumschlungen, und wie im Rausch dachte Carol noch, daß es jede Entscheidung wert sei, wie schwer der Entschluß auch sein möge.

Im Einschlafen kam eine Erinnerung hoch. Sie hörte Bourke sagen. „Vor langer Zeit... erkannte ein Gesicht..." Doch als sie die Erinnerung greifen wollte, war sie schon eingeschlafen.

16

Sybil wehrte eine hartnäckige Fliege ab, wandte den Kopf aus der Sonne, damit ihr der Schweiß nicht mehr in die Augen lief. Wie Nadeln ragten die Blätter der Steppengrasbüschel in die sengende Luft, die gnadenlos auf die verdorrte Landschaft niederbrannte. Keine Wolke am bleichen Himmel, kein Schatten weit und breit, kein Lüftchen regte sich. Die Erde warf die glühende Hitze zurück, und roter Staub legte sich auf die schweißnassen Gesichter.

„Wo zum Teufel steckt Malcolm?" fauchte Vic Carbond.

Die Menschentraube bei der Kamera wartete geduldig, bis Malcolm von den Verpflegungswagen herangeschlendert kam, Kirra hüpfte neben ihm, als ob ihr der allgegenwärtige rote Staub, der Kleider und Haut mit einer feinen Sandschicht bedeckte, nichts ausmachte.

Sybil hatte es aufgegeben, in dieser sengenden Hitze irgendeinen Unterricht vorzutäuschen. Sie wünschte, sie hätte etwas anderes zu tun, als hier herumzustehen und dem endlosen Prozeß des Filmemachens zuzusehen. Die anderen konnten sich zumindest auf ihre jeweiligen Funktionen und Pflichten konzentrieren und so die Gnadenlosigkeit der Ebene ringsum ignorieren.

Sybil blinzelte durch ihre Sonnenbrille, die das flimmernde Gleißen nur abschwächen, nicht wirklich ausschalten konnte. Sie sehnte sich nach den letzten drei Tagen in Ayers Rock zurück. Dort hatten sie nicht nur in einem kühlen Nobelmotel gewohnt, sondern auch an einem abenteuerlichen Drehort gearbeitet – im faszinierenden Nationalpark Uluru mit seinem monumentalen roten Felsen, Ayers Rock, der sich in der flachen Ebene wie ein riesiger versteinerter Eisberg ausnahm, dessen Sandsteinbasis weit in die Tiefe der Erdschichten ragte.

Durch die Verlegung des Drehorts in die Wüste, wo die letzten Szenen abgedreht werden sollten, kamen sie mit der harten Realität des Lebens im Busch in Berührung. Sie befanden sich in der Mitte eines riesigen, spärlich besiedelten Kontinents, Tausende Kilometer von der kühlen Meeresbrise entfernt. Ohne den tröstlichen Kokon der luftgekühlten Zivilisation konnten sie eher begreifen, warum so viele frühe Forscher in diesen unberechenbaren dürren Ebenen zugrunde gegangen waren.

Auch hier war es schön, doch war diese Schönheit von kompromißloser Schroffheit. Nachts funkelte die Milchstraße so überwältigend klar und nah, daß die vertrauten Gestirne bei all dem Gefunkel dieser Myriaden von Sternen, die sonst die Lichter der Großstadt unsichtbar machten, eher fremd wirkten.

Nachts in der Wüste, wenn die Temperatur fiel, konnte sich Sybil nicht sattsehen. Schon als Kind hatte sie sich immer nach dem Südstern gerichtet, wenn sie sich nach den Himmelsrichtungen orientieren wollte, und den suchte sie automatisch noch heute.

Jetzt, in der sengenden Tageshitze, war ihr die Kühle der Nacht unvorstellbar. Sie zog sich schützend den breitkrempigen Hut tief ins Gesicht und sah mißvergnügt zu, wie der Regisseur Kirra und Malcolm wieder und wieder verzweifelt durch die hohen Büschel des Steppengrases taumeln ließ.

„Himmel noch mal, Malcolm, du sollst fast verdurstet sein. Stolzier hier nicht rum, als wärst du am Bondi Beach!“

Vic Carbond tobte in wütender Ungeduld, während das übrige Team ganz im Gegensatz dazu einen bewundernswerten Gleichmut an den Tag legte. Luke grinste zu ihr herüber, mit der Zinksalbe auf Lippen und Nase sah er aus, als befände er sich im oder auf dem blauen Meer. „Heiß, was?“ konstatierte er. „Aber bald ist ja Mittagspause.“

Mittags war es angenehmer, denn dann mußte sie nicht in

der brütenden Sonne stehen, die ihr auf Nacken und Arme knallte, doch nur die Abende brachten eine Entspannung von dem atavistischen Gefühl, das Land sei ein lebendes Wesen, das der Invasion der Fremdlinge feindlich gesonnen war.

Während dieser letzten Drehtage wohnten sie auf einem abgelegenen Gehöft, für verwöhnte Städter eher unwirtlich und ohne Komfort, aber verglichen mit der roten trockenen Weite der Wüste war es eine Oase der Freude und Leichtigkeit. Die Isolation hatte Sybil den anderen Mitgliedern des Teams näher gebracht, jeden Abend nach dem Essen saß sie lachend und trinkend mit ihnen zusammen, als gehörte sie schon ewig dazu. Selbst mit Charlie Date, den sie in Sydney lieber gemieden hatte, hatte sie sich angefreundet und plauderte unbefangen mit ihm.

Aus dem Radio kam der Sender von Alice Springs, und die Nachrichten schienen Sybil wie aus einer anderen Welt, so fern von der harschen Schönheit des Busches wirkten hier die alltäglichen Ereignisse: sportliche Triumphe, Naturkatastrophen und politische Machenschaften.

Auf Alice Fleming hatte die öde Landschaft eine ganz andere Wirkung. Sie war bedrückt und nachdenklich, und ihre sonst so lustige Geschwätzigkeit und Lebensfreude war einer wachsamen Schweigsamkeit gewichen.

Gestern abend hatte Vic Carbond angekündigt, daß Paul Crusoe und vielleicht auch Madeline Shipley am nächsten Tag eintreffen würden, und heute früh, als sie sich versammelten, um zum Drehort zu fahren, rumpelte ein staubiger Geländewagen über die Schlaglochpiste auf das Gehöft zu und brachte den Maler.

Sybil war ihm noch nie begegnet, doch Carol hatte ihn so treffend beschrieben, daß sie ihn an seinen unbestimmten Bewegungen und dem verknitterten Khakiaufzug sofort erkannte.

Alice erwachte bei der Ankunft einer Berühmtheit wieder zum Leben, auch wenn sein Status eher dem Ruhm seiner Frau zu verdanken war. „Das ist Paul Crusoe?“ fragte sie sichtlich enttäuscht. „Der sieht ja ganz gewöhnlich aus. Absolut nichtssagend.“

Sie stieß Sybil in die Seite. „Sie wissen natürlich, weshalb er hier ist, stimmt's? Madeline hat gestern abend in ihrer Sendung gesagt, daß er hier in der Wüste eine Serie von Bildern malen will. Ich würde gern wissen, wann Madeline Shipley kommt. Sie macht einen Dokumentarfilm, wissen Sie.“

„Die kommt doch nicht hierher“, sagte Charlie bissig. „Das ist doch viel zu unkomfortabel für eine wie sie.“

Eingeschnappt verteidigte Alice sie: „Madeline ist sehr professionell. Das bißchen Hitze und Staub machen ihr nichts aus.“

Charlie sah Alice mit hämischer Genugtuung an. „Madeline Shipley ist eine verwöhnte Tussie“, sagte er. „Ich muß es schließlich wissen... Ich hab' schon mit ihr gearbeitet.“

17

Carol und Bourke saßen in Marks Büro und besprachen die neuesten Erkenntnisse im Mordfall. „Narelle Dent ist das Problem", sagte er dann, „das dritte Opfer des gelben Würgers. Bei allen anderen Frauen gibt es eine Verbindung zu Shearings Medienkonzern, nur auf Narelle Dent trifft das meines Wissens nicht zu."

Vor zwei Tagen, am Montag, war der Fernsehauftritt von Narelle Dent, an den Malcolm Murtry sich erinnert hatte, identifiziert worden. Das war zu Bourkes Verdruß nicht in Shearings Sender gewesen, sondern bei der Konkurrenz. Narelle Dent hatte in einer regionalen Nachrichtensendung als schockierte, doch genaue Augenzeugin einen ehelichen Streit und Mord geschildert. Ihre Nachbarn, die eine turbulente Ehe führten, in der es oft Gewalt gab, hatten eine verhängnisvolle Auseinandersetzung gehabt.

Die Fernsehanstalt hatte die Nachrichtensendung aus dem Archiv gegeben, Carol und Mark hatten sie mehrmals angeschaut. Narelle Dent hatte braunes Haar gehabt, blaßblaue, etwas vorstehende Augen und eine lebhafte Art. Sie machte sich gut auf dem Bildschirm und schilderte anschaulich, wie ihre Nachbarn immer heftiger in Streit gerieten, sich anbrüllten, Möbel zerschlugen, schließlich jagte der Mann seine schreiende Frau aus dem Haus, erschoß sie im Vorgarten und beging Selbstmord.

Als sie sich die Sendung das erstemal angesehen hatten, bemerkte Bourke mißbilligend: „Sie hat was von 'nem Aasgeier, nicht? Sie genießt das Erzählen regelrecht!"

Carol mußte zustimmen. Narelle Dents epische Schilderung,

wie sich die zweifache Tragödie zugespitzt hatte, war von Schadenfreude begleitet gewesen.

Jetzt sah sie in Bourkes nachdenkliches Gesicht und sagte: „Diese Fotos von Alissa Harvey – die mit dem Haus drauf –, Ferguson soll sie mit den Häusern vergleichen, in denen es Fälle von ehelicher Gewalt gegeben hat. Und hast du all ihre übrigen Papiere und Fotos von den Eltern bekommen?“

Er machte eine ausholende Geste. „Solche Berge. Hatte noch keine Zeit, alles gründlich durchzusehen – nur ganz flüchtig.“

„Setz jemand darauf an. Ich will jeden Hinweis auf Gewalt in der Ehe, vor allem, wenn's zu einem Mord kam.“

Bourkes Blick wurde skeptisch. „Warum? Was hast du im Sinn?“

„Ich suche das Motiv des Würgers.“

„Das Motiv ist überhaupt nicht wichtig, Carol“, protestierte er. „Das ist es nie in solchen Fällen. Der Kerl ist ein Psychopath – er denkt nicht in normalen Bahnen.“

Sie beugte sich vor. „Es ist doch wichtig! Es ist der Schlüssel“, sagte sie eindringlich.

„Also, wie lautet das Motiv unseres Würgers?“ fragte er widerstrebend, als sei er völlig anderer Meinung.

„Es hat etwas damit zu tun, wie die Medien das Thema Gewalt behandeln.“

Bourke widersprach heftig: „Wenn das der Fall ist, hätte der Mörder ein ausreichendes Motiv, Tausende umzubringen, weil Blutvergießen, Katastrophen, Mord und Totschlag für die Medien ein gefundenes Fressen sind.“

„Was ihn provoziert, ist eine ganz bestimmte Art der Gewalt.“

„Außerdem bringt er nur Frauen um...“

„Und wenn es nun lediglich leichter ist, Frauen umzubringen?“ Carol deutete auf Bourkes säuberlich beschriebene Kärtchen an der Pinnwand. „Wir haben uns viel zu sehr auf das Hier und Heute kapriziert und uns nicht genug auf die Vergangenheit konzentriert. Ich will alles über den familiären Hintergrund des verdächtigten Personenkreises wissen. Da nämlich liegt das Motiv, Mark. Es ist etwas geschehen – etwas ganz Schreckliches, und Fernsehen und Zeitungen haben die Geschichte groß ausgeschlachtet und öffentliche Meinungsmache betrieben."

Sie schmunzelte über Bourkes resignierte Miene. „Und noch was, Mark, hast du die Videokassette von *Krimizeit* hier, die Malcolm uns gegeben hat?"

Bourke zog die Kassette aus seiner Schreibtischschublade und reichte sie ihr. „Carol, der Fernandezfall ist eine Sackgasse. Ich bin überzeugt, daß er nichts mit den Verdächtigen zu tun hat."

„Es ist nicht der Fernandezfall", sagte Carol, „mich interessiert der Film danach auf dem Band... Da ist etwas drauf, das mir ständig im Kopf herumgeht."

Er kam in ihr Büro und sah sich mit ihr das Videoband an. Beim Vorspann des zweiten Films beugte er sich plötzlich stirnrunzelnd vor. Im Vorspann wurde zunächst eine Reihe von Standbildern der damals von dem Fall Betroffenen gezeigt.

„Das ist das Gesicht", sagte Carol, indem sie den Film anhielt. „Wir haben es beide wiedererkannt."

„Aber er kann's gar nicht sein... er ist tot."

„Aber er hat seine ganze Familie umgebracht."

Während Carol zum Lunch gerade bei Sandwich und Kaffee saß, rief die Sekretärin des Polizeichefs an, sie möchte, wenn möglich, sofort zu ihm ins Büro kommen. Seufzend sagte Carol ja.

Sie wußte, daß der Polizeichef sie mochte und schätzte. Er hatte sie stets unterstützt, auch wenn es ihm aus politischen Erwägungen schwerfiel. Also hatte sie ihn im Gegenzug über ihre Ermittlungen immer voll informiert und darauf vertraut, daß nichts vorderhand an die Medien durchsickerte.

Er kam sofort auf den Punkt. „Wilbur Shearing ist in Sorge. Er hat den Eindruck, daß er auf der Liste der Mordverdächtigen ganz oben steht..."

„Wir hatten ihn mal in Verdacht, aber jetzt nicht mehr."

Der Polizeichef zuckte die wulstigen Augenbrauen. „Das heißt?"

Carol erklärte ihm, wie sie die Sache sah. Er hörte aufmerksam zu und stellte anschließend ein paar dezidierte Fragen.

„Wo befindet sich Ihr Hauptverdächtigter zur Zeit?"

Sie unterdrückte ihre Angst beim Gedanken an Sybil und sagte: „In der Wüste mit *Tod in Australien*, irgendwo zwischen Ayers Rock und Alice Springs."

„Und Sie glauben nicht, daß irgend jemand sich unmittelbar in Gefahr befindet?"

„Nein, aber ich denke, wir können es uns nicht leisten, so lange zu warten, bis sie nach Sydney zurückkehren, vor allem schon deshalb nicht, weil ich glaube, daß er es im Grunde auf Madeline Shipley abgesehen hat. Mit Ihrem Einverständnis möchte ich mich mit der dortigen Bezirkspolizei in Verbindung setzen, denn es fällt natürlich nicht in unseren Zuständigkeitsbereich..."

Sie besprachen die rechtliche Situation, dann sagte sie, als sie sich zum Gehen anschickte: „Ich halte es für unbedingt erforderlich, daß die Medien keinen Wind von der Sache kriegen."

Er nickte zustimmend. „Shearing werde ich natürlich einweihen. Es ist schließlich seine Firma, und es ist nur fair, ihn darauf vorzubereiten, wenn das Ganze hochgeht – aber ich werde ihm absolut klarmachen, daß nicht das Geringste vorher durchsickern darf."

Carol hätte gern verhindert, daß er Shearing überhaupt etwas sagte, doch sie wußte, daß sie damit bei ihm nicht durchkam, denn der Polizeichef und Shearing waren dicke Freunde. Also wiederholte sie noch einmal mit Nachdruck, daß es auf keinen Fall an die Presse gelangen dürfe.

„Ganz meine Meinung, Carol, aber wenn Sie den gelben Würger dingfest gemacht haben, sollten wir jede Zurückhaltung aufgeben, meinen Sie nicht? Wir können, weiß Gott, jedes positive Echo der Öffentlichkeit brauchen."

Zwei Stunden später erstattete Bourke ihr Bericht. „Also, Carol, wir haben glatt ins Schwarze getroffen. Alissa Harvey hat Notizen und Fotos gemacht, die mit einem bestimmten Fall vor etwa zwanzig Jahren zu tun haben, und, o Wunder, es stellt sich heraus, daß es genau der Fall ist, der in *Krimizeit* dargestellt wurde. Das Haus auf dem Foto steht in Mosman, und es war das Haus dieser Familie."

Er breitete Papiere und Fotos auf ihrem Schreibtisch aus und reichte ihr ein Vergrößerungsglas. „Erkennst du jemanden?"

„Eine starke Familienähnlichkeit."

„So ist es, und aus diesem Grunde haben wir beide gedacht, daß uns jemand vom Filmteam bekannt vorkommt. Natürlich wurde der Name geändert."

Triumphierend legte er ihr eine eselsohrige Akte vor. „Und jetzt bist du platt. Ich habe das ganze Archiv auf den Kopf gestellt und tatsächlich die Originalakte des Falls aufgespürt."

Selbst zwanzig Jahre später machten die Schwarzweißfotos dieser Familienzerstörung Carol sehr betroffen. Roderick Forsythe war damals der bekannteste Nachrichtenmoderator gewesen. Sein hageres, überaus ansehnliches Gesicht, die klare tiefe Stimme und der Ausdruck glaubwürdiger Besorgtheit waren jedem Fernsehzuschauer damals bekannt. Er gab den Nachrichten seines Senders ein unvergleichliches eigenes Gesicht, präsentierte sich als ein engagierter Vollprofi mit Charisma und Wahrheitsliebe. Wenn Roderick Forsythe sagte, so ist es, glaubten es alle seine Zuschauer.

Als Carol sich aufmerksam ein Foto ansah, das auf der Höhe seines Erfolges gemacht worden war, wunderte sie sich, warum zu der Zeit niemand gespürt hatte, welcher Wurm an seiner Persönlichkeit nagte, welche Besessenheit, Überspanntheit, welcher Wahnsinn ihn schließlich dazu trieb, seine Familie und sich selbst zu zerstören.

An einem Sommerabend vor etwa zwanzig Jahren hatte Roderick Forsythe routiniert wie immer die Nachrichten moderiert, sich abgeschminkt und war dann nach Hause gefahren, wo seine Familie auf ihn wartete. Das Abendessen, das Freda Forsythe auf den Tisch gebracht hatte, wurde nie verzehrt.

Ihr Mann erschoß sie und seine drei Kinder systematisch der Reihe nach mit einem Jagdgewehr. Dann steckte er sich den Lauf in den Mund und schoß sich das Hirn raus.

Ein Kind hatte schwerverletzt überlebt und gab Zeugnis von dem, was passiert war. Ertrug, daß es gnadenlos in die Öffentlichkeit gezerrt wurde, als Forsythes Kollegen und Kolleginnen sich mit wachsender Raserei in der Sensationsgier der Medien übertrumpften – und verschwand, kaum genesen, für die Öffentlichkeit in der Versenkung.

Carol las den Bericht des Kindes vom Krankenbett. Die schlichten Sätze: „Und dann nahm Vati das Gewehr und erschoß Mami... Mein Bruder weinte und schrie, daß er das nicht tun sollte, aber Vati erschoß ihn trotzdem...“ trieben ihr unvermittelt die Tränen in die Augen, doch das war die Rührung, der Kummer um das Kind, nicht um das Monster, das daraus geworden war.

Sie räusperte sich, daß Bourke es womöglich bemerkte, machte sie verlegen. „Mark, buch einen Flug nach Ayers Rock für morgen und besorg eine kleine Maschine, die dort auf dem Flughafen bereitstehen soll. Ich setze mich mit den Behörden da unten in Verbindung, um sicherzustellen, daß uns ein Kriminalbeamter begleitet.

18

In der frühen Morgendämmerung war Sybil aufgestanden, um die wohltuende Kühle zu genießen, bevor die glutrote Sonne am Horizont aufstieg und einen weiteren kochenden Tag lang auf das rote Land niederbrannte.

Alice kam in die Küche, als sie sich gerade Kaffee machte. „Hab' eben die Nachrichten gehört, meine Liebe. Sie haben den gelben Würger!"

Charlie, der ihr auf dem Fuß folgte, fragte: „Und wer ist es?"

Alice gab sich keine Mühe, ihre Mißbilligung zu verbergen. Sie entgegnete schnippisch: „Na, das weiß ich doch nicht. Ich glaube nicht, daß sie ihn schon hinter Schloß und Riegel haben, aber sie sind kurz davor, sonst hätten sie's ja wohl kaum in den Nachrichten gebracht und ihn gewarnt, oder?"

„Diese verdammten Reporter tun sowieso, was ihnen in den Kram paßt", sagte Charlie.

Vic kam in die spartanische Küche geschlurft. „Himmel, gibt mir jemand einen Kaffee? Als hätte ich nicht schon genug um die Ohren... da sagen die mir auch noch am Telefon, daß Madeline Shipley und Konsorten heute morgen in einer kleinen Maschine hier landen werden."

Mark Bourke haßte das Fliegen, und so erreichte er das Flugzeug mit Mühe und Not in allerletzter Sekunde. Stumm vor Angst saß er neben Carol, als die Maschine sich vibrierend in Gang setzte, an Fahrt gewann, die Piste entlangdonnerte und sich dann mit einem Satz in die Luft erhob. Rasch schrumpften die rotgedeckten Häuser von Sydney unter ihnen, und Mark gewann schließlich die Überzeugung, daß das Flugzeug nicht sofort vom Himmel fallen würde. So fand er die Sprache wieder. „Hast du heute morgen die Nachrichten im Radio gehört? Irgendein Arschloch hat die Geschichte ausposaunt."

Carol nickte knapp. „Mit Sicherheit war es Shearing. Der Polizeichef bestand darauf, ihm mitzuteilen, was vor sich geht; natürlich unter dem Siegel der Verschwiegenheit. Das einzig Gute ist noch, daß er keine Namen genannt hat – vielleicht hat er sie sich für die eigenen Kanäle vorbehalten."

„Das gleiche gilt für Madeline Shipley."

Sie sah ihn fragend an. „Was meinst du damit?"

„Ferguson hat mich angerufen, kurz bevor ich aus dem Haus ging. Er hatte ganz früh einen Termin mit Madeline im Sender, wo er noch ein paar Einzelheiten über Helen Tolstens Arbeitsweise abklären wollte. Wie es scheint, ist sie gestern nachmittag ganz plötzlich nach Ayers Rock geflogen. Was hältst du davon?"

Carol stieß einen tiefen Seufzer aus. „Sie weiß, daß eine Verhaftung unmittelbar bevorsteht, und sie will unbedingt bei dem Showdown dabei sein."

„Hoffentlich ist es nicht ihr Showdown." Bourke lächelte grimmig.

Das Flugzeug dröhnte über die Landschaft, deren Besiedelung immer spärlicher wurde, je weiter sie flogen. Die riesige Weite des zerklüfteten Landes schien Bourke ein mulmiges Gefühl zu bereiten. Er wandte den Blick ab von der Monotonie der verdorrten Konturen. „Helen Tolsten muß direkt vor Madelines Haus erdrosselt worden sein."

Carol hatte geistesabwesend in die diffuse blaue Weite geblickt, jetzt sah sie ihn an. Sie hatte sich in Gedanken versichert, daß ihre Einschätzung richtig war – aufgrund dessen, was Sybil in der Vergangenheit erlebt hatte, war sie in Sicherheit.

„Wie bitte?"

Er wiederholte seine Feststellung.

Nur allzu gern konzentrierte sich Carol auf etwas anderes als ihre Sorge um Sybil. „Sicher hast du recht, Mark. Helen war eine Angestellte, also haben Paul und Madeline sie nicht hinausbegleitet. Sie sagte gute Nacht, ging zu ihrem Wagen und wurde wahrscheinlich so überraschend stranguliert, daß sie tot war, noch ehe sie merkte, daß etwas nicht stimmte. Der Mörder fuhr ihren Wagen mit ihrer Leiche darin meines Erachtens in seine Garage, lud sie dort in einen Lieferwagen oder Bus. Später verstaute er ein leichtes Motorrad in ihrem Wagen, stellte es dann auf der Straße vor dem Sender ab, um damit zur Leiche zurückzufahren. Anschließend fuhr er ihr Auto auf den Parkplatz, wo man es am nächsten Tag fand."

„Warum ist er das Risiko eingegangen, entdeckt zu werden? Er hätte das Auto auch in irgendeinem Abgrund versenken können."

Carol lächelte grimmig. „Ich glaube, der Mörder wollte verwirren – eine hinterhältige Geste, um die blöden Bullen ins Rotieren zu bringen."

Bei dem Brummen in der Luft hob Vic Carbond den Kopf. „Shipley ist da", bemerkte er unwirsch.

Sybil sah, wie eine kleine Maschine, eher ein Kinderspielzeug als ein ernstzunehmendes Transportmittel, über die unebene Landepiste rumpelte.

Paul Crusoe ging seiner Frau entgegen, die gerade aus dem Flugzeug stieg, frisch und unternehmungslustig in ihrem breitrandigen Hut, Shorts und langärmeligen Hemd zum Schutz gegen die Sonne.

Carbond ignorierte die Tatsache, daß sie nach dem Flug von Ayers Rock vielleicht eine Erfrischung nötig hatte, und begann sofort, sie herumzukommandieren. Er brüllte über den Lärm des Flugzeugs hinweg, das jetzt ihren Kameramann und das Gepäck ausspuckte, um sogleich zu wenden und wieder abzufliegen. „Komm schon, Madeline", bellte Carbond. „Wenn du mit zum Drehort willst, mußt du dich beeilen."

Luke hing lauschend über dem Radio. Vic Carbond stieß ihn hart an. „Wir sind fertig."

Sybil fuhr mit Malcolm, Kirra, Luke und seinem Assistenten im Generatorenwagen, der eine luftgekühlte Kabine besaß. Luke chauffierte sehr ordentlich, wie er immer alles tat, und ohne großes Spektakel.

Sie saß neben ihm, und er lehnte sich herüber. „Lassen Sie Madeline Shipley bloß nicht so nah an sich ran. Sie ist ein Hai. Sie zieht Ihnen das Fell vom Leib und lacht sich eins. Sie wissen, wie das ist, Sie haben's ja schon erlebt... Wie sie die Wahrheit verdrehen und private Dinge in die Welt posaunen."

„Luke, ich bin doch längst nicht mehr aktuell. Ich schere sie gar nicht."

Sie hielten am Drehort, und er sagte: „Verlassen Sie sich nicht darauf. Die wühlen mit Vorliebe in der Asche rum, wärmen alte Dramen auf. Parasiten sind das – alle miteinander."

Spät nachmittags waren alle von der Hitze wie gerädert und gereizt. Schwärme von Fliegen und die sengende Sonne machten die Arbeitsbedingungen fast unerträglich, und das sonst so gut aufeinander eingespielte Team war irritiert, nichts klappte, wie es sollte. Selbst Alice zankte bei einem Kostümwechsel ungeduldig mit Kirra herum.

Nur Madeline zeigte sich von der Strapaze unbeeindruckt. Den mitgebrachten übellaunigen Kameramann im Schlepptau filmte sie kurze Interviews mit den verschiedenen Teammitgliedern, wenn sie gerade entbehrlich waren.

Trotz der verächtlichen Abneigung, die Sybil gegen Madeline empfand, fühlte sie sich als Mitglied des Teams verpflichtet, einem Interview zuzustimmen.

Madeline, mit all ihrem lächelnden Charme, stellte ihr eine Reihe von Fragen über das Unterrichten von Kindern bei Dreharbeiten mitten im Busch.

Sybil antwortete so ehrlich wie möglich, wenn auch zurückhaltend, denn die Schulbehörde wäre von allzu großer Offenheit wohl kaum begeistert gewesen.

Der Tag ging seinem hitzeklammen Ende entgegen. Mit allseits großer Erleichterung rumpelten sie zum vergleichsweise komfortablen Gehöft zurück.

Es war schon fast dunkel, als sie von fern das Dröhnen eines Flugzeugs vernahmen. Auf der Veranda, wo Getränke und eine sanfte Abendbrise das Leben erträglich machten, geriet die Unterhaltung ins Stocken.

Alice konnte ihre Neugier nicht zügeln. „Nanu, wer kann das bloß sein, hier am Ende der Welt?" fragte sie und verrenkte sich fast den Hals.

Der ferne Punkt wurde größer und nahm Gestalt an, Rumpf und Flügel waren zu erkennen. Jetzt flog es tiefer, auf sie zu. „Es muß hier landen", erklärte Alice, „sonst ist ja nichts weit und breit."

Die Leute standen auf, der unerwartete Besuch verursachte Aufruhr. Wie schon am Morgen beobachtete Sybil die Landung des Flugzeugs, nur stoppten diesmal am Ende der Piste nahe beim Gehöft auch die Motoren.

Eine schlanke Gestalt mit blondem Haar und energischen Bewegungen kam zum Vorschein, und Sybil sah zu ihrem Erstaunen, wie Carol behende aus dem Flugzeug stieg. Zwei Männer folgten ihr. Der eine war Mark Bourke, den anderen kannte sie nicht.

Den Kopf trotzig vorgereckt, stapfte Vic Carbond ihnen entgegen. Sie palaverten, und gespannt nahm Sybil wahr, wie seine aggressive Haltung sich veränderte. Er schüttelte den Kopf, blickte über die Schulter zurück und rief Malcolm herbei, der neugierig in der Nähe herumlungerte, um zu horchen, was los war.

Malcolm warf sich gebieterisch in die Brust, kam zurück und verkündete Sybil und den Herumstehenden: „Vic will, daß wir uns alle im Wohnzimmer versammeln. Und zwar sofort, verstanden?"

Er marschierte mit seinem Befehl zu den anderen. Carol, Bourke und der unbekannte Mann, der, wie Sybil auf einmal bewußt wurde, ein Gewehr trug, gingen rasch auf das Haus zu.

Carol warf Sybil kurz ein heimliches Lächeln zu, als sie an ihr vorbeikam, Mark Bourke nickte knapp.

Das Team drängte ins Haus, da rief Paul Crusoe laut: „Madeline! Wo ist sie! Hat jemand sie gesehen?“

In diesem Moment heulte ein Motor auf, und ein Lastwagen schoß über das holprige Gelände direkt auf das kleine Flugzeug zu. Mit offenem Mund stand Sybil fassungslos da. Krachend zersplitterte der Flügel, dann rammte der bullige Lastwagen den Rumpf des Flugzeugs. Der Lastwagen setzte ein paarmal zurück, bis er sich aus dem Wrack befreit hatte, das sich in den schweren Metallgrill vor dem Kühler gebohrt hatte.

Der Mann mit dem Gewehr rannte los, und Sybil sah, wie er in Stellung ging. Er legte das Gewehr an und schoß mehrere Male. Der Lastwagen schlingerte, stoppte mit plattgeschossenen Reifen. Der Fahrer stellte den Motor ab. Bourke brüllte in die plötzliche Stille: „Zurück, alle zurück!“

Ohne Hast ging Carol zu dem lädierten Flugzeug, wo der Mann mit dem Gewehr stand. Der rief laut seinen Namen und nannte seinen Rang bei der Ortspolizei. Noch ehe er die offizielle Verhaftung aussprechen konnte, wurde die Tür des Lastwagens aufgestoßen, und Madeline stieg heraus, blanke Angst im Gesicht.

Auf ihrer Schulter lag eine Hand. Flink folgte Luke West. In der Abendsonne blitzte ein Messer auf, das er ihr jetzt an die Kehle hielt.

„Ich werde sie umbringen“, drohte er. Seine Stimme klang ruhig. Den Lastwagen im Rücken, ging er hinter Madeline in Deckung.

Auch Carols Stimme klang unbewegt. „Das hatten Sie doch die ganze Zeit vor, oder nicht?“

Luke bleckte die Zähne, lächelte. „Dann wissen Sie wohl alles, Kommissarin – warum ich es tun mußte.“

Carol trat einen Schritt vor, Madeline schrie, als Luke ihr mit der Messerspitze den Hals ritzte. „Keinen Schritt weiter. Ich will, daß jemand in einem der Lastwagen den Verteilerkopf wieder einsetzt. Ich habe sie alle abmontiert. Wußte ja nicht, daß ich sie noch mal brauchen würde."

Wie versteinert standen Sybil und die anderen da. Aus den Augenwinkeln nahm sie eine Bewegung wahr. Bourke war abgetaucht und schlich sich in großem Bogen davon, um sich von hinten an Luke und die Geisel heranzupirschen.

Carol sagte: „Pech für Sie – Ihre Tante Bea hat Sie verraten."

Luke starrte sie an. Zornig rief er: „Niemals. Das würde sie niemals tun!"

Carol zuckte bedauernd die Achseln, er konzentrierte sich voll auf sie. „Sie hat uns natürlich erzählt, daß Sie bei ihr waren an dem Abend, als Sie Helen Tolsten umgebracht haben. Sie hat uns aber auch gesagt, daß Sie zwischendurch weggegangen sind – mehr als eine Stunde, weil Sie angeblich ein Ersatzteil für den Lichtschalter besorgen wollten. Da sind Sie zu dem Haus gefahren. Sie wußten, daß Helen zum Essen dort war. Und als sie vorm Haus in ihren Wagen steigen wollte, haben Sie sie ermordet."

Luke West hörte gar nicht hin. „Tante Bea würde mich nie verraten. Ich bin ihr Sohn, hat sie immer gesagt."

„Sie sind nicht ihr Sohn. Sie sind der Sohn eines Verrückten", rief Carol brutal, „eines Verrückten, der seine ganze Familie erschossen hat, stimmt's, Luke? Der Reihe nach abgeknallt!"

Madeline wimmerte, als er sie vor sich her stieß. „Leute wie die hier haben ihn auf dem Gewissen. Die haben ihn dazu getrieben!"

Carol sagte: „Er war wahnsinnig. Niemand hat ihn zum Mörder gemacht. Er war verrückt."

Luke starrte Carol mit aufgerissenen Augen an, drehte das Messer, bis Blut aus Madelines Hals rann. Er übertönte ihren Schmerzensschrei: „Ich will nichts mehr von Ihnen hören! Besorgen Sie mir einen anderen Wagen, oder ich schneide ihr die Kehle durch. Jetzt gleich – hier vor Ihren Augen!"

Carol hielt ein Stück gelbe Kordel hoch. „Wollen Sie sie nicht lieber erwürgen?"

Er fixierte die gelbe Kordel. So konnte Luke die Bewegung in seinem Rücken nicht wahrnehmen. Es gab keinen Kampf. Bourke war effizient wie immer und schlug ihm routiniert die Waffe aus der Hand.

Luke hob seine Hände mit den Handschellen hoch und beschwerte sich leise: „Dies hier ist gar nicht nötig, wissen Sie. Wohin sollte ich schon fliehen!"

„Sie machen uns Spaß", sagte Bourke und warf Carol einen Blick zu.

Bourke hatte ihn in eine Kammer mit verschließbarer Tür und winzigem Fenster verfrachtet, Carol hörte das leise rhythmische Hämmern des Generators, der das Gehöft mit Licht versorgte. „Wir haben ein paar Fragen an Sie", sagte sie.

Luke lehnte sich in seinem Stuhl zurück. Er wirkte entspannt und faltete die Hände auf dem Schoß. „Was wollen Sie wissen?"

Bourke fragte ebenso gelassen: „Wie war das also mit Helen Tolsten?"

„Ich hatte es an dem Abend auf Shipley abgesehen – ihretwegen bin ich hingefahren, aber ihr Mann war im Weg. Deshalb hab' ich mich mit Helen begnügt. Sie war schließlich genau so schuldig."

„Schuldig? Woran?" fragte Carol.

Luke neigte den Kopf zur Seite und sah sie an. „Sie wissen es doch. Ich weiß, daß Sie es verstehen. Die vergiften den Leuten den Verstand, sie machen sie völlig verrückt."

„Das ist mit Ihrem Vater geschehen?" fragte Carol.

„Ja! Sonst hätte er das nicht getan – er hat uns alle sehr geliebt."

Bourke fragte: „Warum eine gelbe Kordel?"

Grinsend zuckte Luke die Achseln. „Die Farbe gefiel mir."

Als Carol jetzt fragte, warum er die Leichen so drapiert habe, wurde er wieder ernst. „Das mußte ich tun. Sie waren ja tot. Sie hatten für ihre Sünden gebüßt." Er rieb sich mit den Knöcheln das Kinn. „Sie verstehen das doch, nicht wahr? Ich war es ihnen schuldig. Ich mußte sie für Gott annehmbar machen. Deshalb hab' ich sie ausgezogen und ihre Gesichter verhüllt. Aber Gott mußte auch wissen, daß sie bestraft worden waren, also mußte ich sie an Händen und Füßen binden und ihnen eine Schlinge um den Hals knüpfen."

Luke machte eine abrupte Bewegung, und Bourke sprang auf. Luke grinste ihn an. „Ich jag' Ihnen Angst ein, was?" Er beobachtete Bourke, der sich wieder hinsetzte, und sagte zu Carol: „Ich habe ihnen das Maul gestopft, damit sie keine Lügen mehr verbreiten."

Carol unterdrückte ihr tiefes Entsetzen und fragte: „Wie haben Sie das gemacht?"

„Sie schlagen halt um sich", sagte er, als unterhielte er sich über alltägliche Dinge, „deshalb muß man das Seil festhalten und darf nicht so nah an sie rankommen. Zwei von ihnen hab' ich im Auto erledigt. Und das war ganz einfach. Ich habe Ihnen nur gesagt, ich müßte was vom Rücksitz holen, und als ich hinter ihnen war, habe ich ihnen die Schlinge übergeworfen und den Kopf nach hinten gezogen."

Luke hielt inne, als erwarte er ihre Bestätigung. Er starrte Carol in die Augen. Sie hätte am liebsten das Weite gesucht, aber sie rührte sich nicht. Sie dachte nicht mehr zusammenhängend. Du bist kein Mensch... Du bist eine gnadenlose Maschine... Ich würde dich vernichten, wenn ich könnte...

„Bevor ich es tue", fuhr Luke fort, „deute ich immer an, was geschehen wird, damit sie eine Ahnung haben, damit ich sehen kann, wie ihnen die Angst in den Augen steht... Und dann höre ich, wie sie den letzten Atemzug tun. Es pfeift in ihrer Kehle, wenn ich die Kordel zuziehe."

19

Über ihnen in der kühlen Nacht funkelte die Milchstraße mit ihren Millionen Gestirnen.

„Luke war immer sehr nett zu mir", sagte Sybil, die mit Carol im Sternenlicht spazierenging. „Ich kann kaum glauben, daß er ein Mörder ist."

„Luke hätte dir nichts getan, da bin ich ganz sicher. Für ihn warst du eine Leidensgenossin, eine, die genauso wie er von den Medien durch die Mangel gedreht worden ist."

„Aber das ist doch kein ausreichender Grund, Carol... das reicht doch nicht hin, fünf Menschen umzubringen. Hat er alles darüber ausgesagt?"

Lukes ruhige Schilderung hatte Carol die Ahnung geheimster Vorstellungen vermittelt, unbewußte Bilder – Töne. Nie im Leben würde sie Sybil das mitteilen. „Luke hat gern ein Publikum. Er redet noch immer, und Mark hört zu."

Schweigend gingen sie weiter. Nach einer Weile sagte Sybil: „Da ist etwas, das ich dir sagen wollte."

Carol blieb stehen: „Etwas, das ich hören möchte?"

„Vielleicht... Daß ich dich liebe."

Carol nahm ihre Hände. „Und? Ist das etwa schon alles? Hast du nicht was vergessen? Zum Beispiel, daß du mich nie verläßt?"

„Tja, darüber muß ich erst mal nachdenken... Nun, eigentlich habe ich das nicht vor – jedenfalls nicht unbedingt in absehbarer Zukunft, meine ich."

Katherine J. Forrest
Die Fremde im Pool
Roman
ISBN 3-88104-176-1
240 Seiten, DM 24.—

Eines Tages kommt Carolyn früher als gewohnt nach Hause und findet im Swimming Pool eine fremde Frau. Die Beziehung der beiden Frauen wächst langsam und wird schließlich von Carolyns Ehemann Paul entdeckt.